ROLAND MARTIN

PRESQUE

ROMAN

DU MÊME AUTEUR :

LE SENS DU POULPE

© Roland Martin
ISBN : 9782955998328

rolandavecunseull@gmail.com

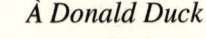
À Donald Duck

Pour Alexandra, Audrey et Robin

« La normalité est une route pavée.
On y marche aisément mais les fleurs n'y poussent pas. »
Vincent Van Gogh

« Quel grand écrivain ce Wolfgang. »
Éric Alterstruff

I

Je suis petit. Je suis rouquin. Et j'ai de longues dents plutôt moches.

Mais ce n'est pas très grave. Vu que je suis un écureuil.

Pas un de ces écureuils de dessin animé qui parle et s'agite dans tous les sens. Soyons sérieux. Non, un écureuil DIGNE. Le type d'écureuil qu'on pourrait croiser le matin à la bibliothèque municipale, en train d'écrire dans un épais carnet à spirales. Instruit, bien sous tout rapport, réfléchi.

Dans cette bibliothèque, à titre d'exemple, par égard pour ses congénères, cet écureuil serait équipé d'un stylo-bille et de lunettes aux montures en plastique, plutôt que d'une plume d'oie et de binocles en écailles de tortue.

Vous voyez le genre ?

Évidemment, tout ceci est exagéré. En réalité, je ne porte pas de lunettes. Et mes deux mains gauches, dont la droite, auraient toutes les peines du monde à tenir autre chose qu'une pomme de pin ou une noisette.

En revanche oui, j'écris. Mentalement. Je sais, c'est difficile à concevoir, et encore plus à admettre. Mais ce que vous lisez en ce moment même, je l'ai directement extrait de ma petite tête innocente pour le transmettre à un éditeur qui a pour seul principe de n'avoir aucun a priori. Tout ça par l'entremise de moyens télépathiques on ne peut plus sérieux.

J'en entends qui ricanent. Et j'en devine qui gloussent.

Mais tout ceci est VRAI !

Qu'est-ce que vous croyez ? Qu'à l'exception de Flipper le dauphin et Paul le poulpe, les animaux ne sont pas dotés d'intelligence ? Tsss…

Vous voulez que je vous dise ? Le problème de l'Homme, c'est qu'il se croit supérieur à tout, à tout le monde, à tout le reste. À tout le reste du monde. La preuve d'ailleurs, avec ce H majuscule qu'il s'octroie. Il est gonflé tout de même, l'Homme. Pourquoi n'écrit-il pas « le Pou » ? Ou « le Ténia » ? (Ou « l'Écureuil » tiens).

Heureusement, parmi tous ces *homo sapiens*, une poignée sauve tous les autres.

Et c'est l'histoire d'un doigt de cette poignée que je voudrais vous conter (Et oui parfaitement, j'écris « un doigt de cette poignée » si je veux. Je vous rappelle que c'est MON livre).

II

Mon doigt s'appelle Éric. C'est lui qui me l'a dit. Il me dit tout. Hop hop hop ! Je vous arrête tout de suite. N'allez pas croire que c'est mon doigt qui me dit tout. Je ne suis pas Donnie dans *Shiming*, ce gamin qui remue son index en le faisant parler avec une voix de canard ! Non, quand je dis « mon doigt », je veux parler de mon doigt de la poignée qui sauve l'espèce humaine.

Bon bref. Éric donc — mon fameux doigt de la poignée — est un type atypique. Un gars plus sensible et complexe qu'il n'y paraît. Un gars qui cache une énigme, serait-on même tenté de penser. Et qui cultive l'art de l'approximation. Tant lexicale que comportementale. C'est d'ailleurs pour ainsi dire le PAPE de l'à-peu-prisme. Une science très inexacte. Une doctrine qu'il a inventée sans le vouloir. Sans le savoir. Un peu comme ce Monsieur Jourbain, dans la pièce de théâtre d'un certain Jean-Baptiste Gobelin dont il m'a parlé en même temps que de *Shiming*. Ce Monsieur Jourbain fait de la prose sans s'en rendre compte, paraît-il. Et il est drôlement fier de lui. Éric ne se souvient pas très précisément de la suite de l'histoire mais il se souvient qu'elle lui avait plu. C'est toujours ça.

Notez que moi l'à-peu-prisme, c'est quelque chose qui me parle. Car sans atteindre les SOMMETS de la discipline que repousse chaque jour un peu plus mon bon Éric, il ne se passe pas un hiver sans que je sois infoutu de remettre la mimine sur graines et glands savamment enterrés à l'automne.

Permettez-moi un léger aparté, mais vous avez remarqué comme il m'arrive d'écrire certains mots ENTIÈREMENT en majuscules ? Je ne suis moi-même pas certain d'en connaître la raison. Peut-être est-ce cette histoire de l'Homme avec un grand H qui me chauffe les oreilles (ces charmantes petites oreilles pointues dont les houppettes de poils sur les sommets forment certes deux jolies mèches qui ne demandent qu'à s'enflammer, mais bon c'est pas une raison). Ces majuscules donc, qui seraient du coup une fantaisie typographique qu'aurait trouvée un fragile rongeur de mon espèce pour remettre gentiment à sa place l'espèce humaine dans son ensemble. De lui rappeler qu'elle n'est pas au centre DE l'univers. Z'avez vu ? Même une insignifiante préposition de deux lettres peut se révéler plus importante que vous... O.K., O.K., je vais tâcher d'arrêter. Je désapprouve l'humiliation. Elle n'engendre jamais que des catastrophes. Et puis comme le répète régulièrement Éric, elle est mauvaise conseillère. Vous savez, j'ai bon fond, dans le fond.

Allez, assez bavardé. L'heure est venue d'attaquer.

Alors au taquet.

Et attaquons.

III

Le mois dernier, Éric attendait sagement devant un passage à niveau (je vous répète que je n'ai rien inventé. Tout ce que je vous raconte ici, je le tiens de la bouche même du héros de cette histoire — ou de l'anti-héros, si vous préférez).

Éric donc, est sagement installé au volant de sa Méhari kaki. Sa Méhari kaki 1982, à ses yeux, c'est une Jeep. En plastique certes, avec seulement deux roues motrices peut-être, et fabriquée à Forest en Belgique possiblement. Mais bon, chacun ses fantasmes.

Toujours est-il qu'il est à peine huit heures ce matin-là. Mois de mars oblige, le soleil n'est encore pas bien haut dans le ciel. Et ça caille copieusement. EXACTEMENT comme dans une authentique Jeep made in USA.

Éric est tellement las qu'il n'a même pas la force de se gratter une oreille ou se farfouiller une narine. L'œil est morne.

Et les wagons de marchandises se succèdent, minablement, interminablement. C'est le problème à Sarrebourg, Moselle, douze-mille habitants. Il en passe plus d'une vingtaine par jour des trains de marchandises. Du coup, les passages à niveau, c'est l'école de la patience, comme dit Éric. Une manière d'apprendre à attendre.

Sauf que là non. Paf ! Éric ouvre brutalement la petite portière de sa Méhari qui lui revient aussitôt dans le tibia. Pas grave, tout petit *ouille !* , même pas mal, il la rouvre plus doucement, c'est tout. Il bondit

15

ensuite de son véhicule de GI au rabais et se glisse sous la barrière zébrée de rouge et blanc. Et là il court, il court, il court le long de la voie de chemin de fer, et il saute pour attraper du bout des doigts la plateforme d'un wagon dont la large porte était restée ouverte. Il s'accroche, il se cramponne. Il tient bon. Mais il a le plus grand mal à se hisser à l'intérieur. Il se laisse traîner comme ça sur des dizaines et des dizaines de mètres. Ses santiags raclent le ballast. Pantin désarticulé, tantôt sur le ventre, tantôt sur le dos, il s'éloigne ainsi dans un nuage de poussière. La scène est tragi-comique, pour ne pas dire ridicule. Au prix d'efforts inédits pour ses frêles biceps, il parvient finalement à se hisser dans le wagon.

« Yippeep pip ! Hourray ! » souffle-t-il alors, hors d'haleine.

Ça y est. L'ART DE LA FUGUE avait sonné. Avec des airs de musique de western. Bach qui se prend pour Ennio Morricone.

La grande aventure pouvait commencer.

IV

Une improbable partition composée conjointement par Jean-Sébastien Bach et Ennio Morricone se jouait RÉELLEMENT dans la tête d'Éric. Et en plus, elle était accompagnée de choristes.

Étalé de tout son long dans le wagon de marchandises, encore essoufflé, il les entendait de plus en plus distinctement. Des choristes pas douées pour un sou, qui ne respectent d'ailleurs absolument pas la mélodie. Des choristes qui couinent dans un capharnaüm épouvantable, en fait. Éric relève alors la tête. Et en guise de choristes, il découvre un troupeau de cochons. Parfaitement, des cochons bien massifs. Des cochons de compétition presque. *Grouiiiiik ! Oinnnnk ! Huîîîîîîîîk !* Ça grouinait sévère.

Éric marque un temps d'arrêt avant de s'asseoir dans un coin du wagon. Malgré la pestilence de ses compagnons de voyage, la porte latérale grande ouverte rendait l'air relativement respirable. Il n'avait rien à craindre non plus pour son intégrité physique, isolés qu'étaient les porcins derrière des barrières métalliques. Pour tuer le temps, Éric entreprit de les compter. Il y en avait soixante-trois la première fois, et quarante-neuf la deuxième. Environ.

Mais qu'importe. Pour une fois, Éric était fier de lui. Fier de son échappée. De sa fuite.

« Une fuite en avant pour ne pas regarder en arrière, tu comprends petit rouquin ? qu'il m'a expliqué. Oublier la vacuité de l'existence. De la mienne en tout cas. Parce que c'est pas une vie que j'ai, c'est un bazarnaüm. Oublier mon divorce. Oublier mon ex-bonne femme surtout ! Oublier un peu ma fille même, qui a atteint cet âge où on s'intéresse davantage aux garçons qu'à son petit papounet. Oublier ma mère, chez qui j'ai été obligé, un poil honteux, de retourner vivre à quarante-cinq balais. Oublier mes quarante-cinq balais tiens par la même occasion ! Énième coup de vieux. Oublier ma solitude aussi. C'est que je me suis récemment surpris à discuter d'égal à égal avec le Cantarville en y suspendant mon linge chez ma mère ! Si ça c'est pas un signe que ça ne tourne plus très rond… Hein petit rouquin ? »

Mais j'en sais rien moi ! C'est quoi un Cantarville d'abord ?? Et puis pourquoi il dit « un poil honteux » ? En quoi c'est honteux un poil ? Il cherche à me vexer c'est ça ?

« Voilà ! qu'il a conclu. Oublier tout ça. Oublier mes petits coups de blues. Et filer à l'ouest. À la conquête de Dieu lui-même sait pas trop quoi. »

V

Mais la conquête de l'Ouest a tourné court : au bout d'une vingtaine de kilomètres, le convoi était déjà arrivé à destination. Terminus, tout le monde descend. Les truies et les porcelets d'abord.

Quelque chose avait foiré…

Un homme grimpa dans le wagon pour en faire descendre les bêtes. Éric se joignit à elles le plus discrètement possible. C'est-à-dire à quatre pattes, en faisant *grouik grouik*. Dehors, des grosses voix dirigeaient le troupeau à coups de bâtons. Les porcs, apeurés, se bousculaient dans tous les sens. Et bousculaient donc Éric, qui se serait cru dans le tambour d'une machine à laver. Enfin, une machine à laver qui salit, pour le coup. Le troupeau gagna tant bien que mal un grand bâtiment en briques. À l'intérieur aussi, c'était la cohue.

« Imagine le salon de l'agriculture où même les visiteurs seraient des cochons », m'a expliqué Éric (j'imaginais pas trop).

Il lui a fallu quelques secondes pour comprendre qu'il avait atterri dans un abattoir. Je le revois quand il m'a raconté tout ça. Il était blême. Il en tremblait encore. En bonne poule mouillée, il en est même pratiquement tombé dans les pommes ! Je lui ai chatouillé les narines de ma queue soyeuse et malodorante pour le faire revenir à lui. Il a sursauté et repris son histoire.

« J'ai tout de suite compris l'expression "saigner comme un goret", petit rouquin ! Polala… j'avais jamais vu un truc pareil. »

Hé, dîtes-moi les humains, z'êtes quand même un peu chochottes parfois nan ? Je vous rappelle que la vie se termine rarement bien. Enfin, passons.

« Je me suis alors redressé et me suis sauvé à grandes enjambées. En essayant de ne pas me faire remarquer. »

Il me fait rigoler Éric. Impossible qu'il ait pu faire ça incognito. D'abord, il mesure un mètre quatre-vingt-quinze. Ensuite il est toujours habillé comme un sac (un sac bien moche, de la Foir'Fouille par exemple). Et enfin, quand il marche à grandes enjambées — ce qu'il fait toujours, vu sa grande taille — il grince. Oui parfaitement, il grince. C'est une énigme pour la médecine. Aucun spécialiste n'a jamais compris si ce phénomène provient d'une hanche, du bassin, ou d'un genou. D'un cartilage, d'un ligament, ou d'un tendon. Peut-être ses jambes arquées y sont-elles pour quelque chose ? Mystère. En tout cas les faits sont là : Éric grince.

VI

Éric s'est donc dirigé vers les rails pour remonter dans le train de marchandises, en attendant que celui-ci reparte dans l'autre sens. Eh bien il a attendu toute la journée. Plus toute la nuit. Dans le froid.

« J'avais la chair de poule du sol au plafond, petit rouquin. » (Ha ! Quand je vous disais que c'était une poule mouillée !)

Au petit matin, c'est un gars de l'abattoir qui l'a réveillé. En lui envoyant un carton en plein dans la malléole. Le type l'a probablement pris pour un manutentionnaire quelconque, ou un employé du fret de la SNCF. Toujours est-il qu'Éric a dû l'aider à charger des centaines de cartons dans le wagon où il avait dormi. « Après ça, j'étais fourbi de partout ! ». *Fourbu*, Éric, *fourbu…*

Et puis le train est sagement reparti. Par curiosité autant que par ennui, Éric a ouvert un carton.

« Rempli de tranches de bacon sous vide, mon cochon ! »

Et il s'en est bâfré.

« Je crevais la balle tu sais ! »

Le porcicide dont il avait été le témoin ne semblait plus lui poser de problème de conscience.

« C'est incomparable, les gorets sont beaucoup plus silencieux sous cette forme », qu'il a ajouté.

Éric regardait défiler la campagne mosellane, le nez au vent. Quand il reconnut le passage à niveau devant lequel il s'était extirpé de sa Méhari la veille, il balança un carton tout neuf du train et sauta à son tour. La chute fut lourde. À tel point que des graviers s'encastrèrent dans la paume de ses mains, qui se mirent à saigner. Mais Éric ne souffrit pas. Les poules mouillées ont ceci de surprenant qu'elles ont les pattes insensibles.

Éric se releva et épousseta sa veste en daim à

franges. Il hésita à faire de même avec son vieux pantalon de survêtement Fruit of the Loom acheté à la Redoute, mais la poussière lui avait redonné son gris d'origine.

Il regarda autour de lui. Évidemment, sa Méhari n'était plus là. Il prit son carton sous le bras et se résolut à rentrer à pied chez lui. Enfin... chez sa mère.

VII

Les cloches de l'église de Sarrebourg sonnaient dix coups quand Éric franchit la porte de chez sa maternelle. Elle ne paraissait même pas étonnée de le voir débarquer comme ça, après vingt-quatre heures d'éclipse, les cheveux en pétard et embaumant le bacon.

« J'ai déjà mis du Benco au fond de ton bol, t'as plus qu'à faire chauffer le lait qu'est dans la casserole » était sa manière de lui dire bonjour. Et un haussement de sourcil rendit plus explicite ce qu'elle se contenta de marmonner ensuite dans sa barbe : « Je sais pas où c'est que t'avais encore disparu, ni ce que tu me ramènes comme connerie dans ce carton, mais tu commences sérieusement à me courir sur l'abricot » (peut-être Éric avait-il hérité son sens de la formule approximative de sa mère ?)

En buvant son chocolat chaud, il en renversa une bonne partie sur la toile cirée. Atterrée, sa mère l'observa se lever pour aller prendre l'éponge posée sur le bord de l'évier. Ce faisant, il fit tomber un verre qui se fracassa au sol. Il ouvrit donc la porte du

21

placard et se baissa pour attraper la pelle et la balayette. La table à repasser lui tomba alors lourdement sur sa tête. Un peu sonné, il tâcha ensuite de réparer du mieux possible l'ensemble de ses maladresses, sous l'œil fatigué autant que fasciné de sa génitrice. « Ce grand couillon éteindrait un incendie avec un bidon d'essence », pensa-t-elle en hochant la tête.

Comme pour se faire pardonner, Éric pointa le carton du doigt — « Je t'ai rapporté du bacon, m'man... » — et monta se coucher. Elle ouvrit le carton quand son fils était dans l'escalier. En fait de bacon, il était rempli d'oreilles de cochons.

Ce type de méprise n'étonnait même plus la mère d'Éric. Elle se souvint qu'une fois, alors qu'il devait avoir une vingtaine d'années, il était arrivé déguisé en Abraham Lincoln à la soirée d'anniversaire d'un de ses rares amis. Soirée qui n'était évidemment pas costumée. Mais surtout — et c'est là que la boulette est doublement belle — il s'agissait d'un anniversaire-surprise et Éric s'y était rendu... une semaine trop tôt. C'est son ami qui lui ouvrit la porte. Eric lui hurla avec tout son cœur un très touchant « Joyeux anniversaire Paulo ! ». Puis, remarquant le calme de l'appartement, enfonça le clou jusqu'à la tête : « Y a personne ? Je suis le premier ? ». Derrière, dans l'entrée, la petite amie de Paulo avait pour la première fois de sa vie eu des envies de meurtre.

Bref.

Une fois en haut, Éric s'écroula sur le lit de sa chambre. Quand il l'avait réinvestie quelques mois plus tôt, après son divorce, il y avait retrouvé aussi bien ses peluches de marmot que les T-shirts de ses vingt ans. La pièce n'avait pas beaucoup changé en un quart de siècle. Sa mère y avait simplement entassé des tonnes de trucs et autres machins qu'il était obligé de déplacer d'un endroit à l'autre dès qu'il avait besoin d'ouvrir un tiroir ou d'accéder à la fenêtre.

Il fallut moins de trente secondes à Éric pour commencer à ronfler. Un rêve étrange agitait son sommeil. Il y était question de cochons géants qui couraient à perdre haleine sur des rails de chemin de fer, sous une pluie battante de tables à repasser.

VIII

Il était pratiquement quinze heures quand Éric ouvrit une paupière. C'est qu'il dort comme un loir l'animal. Et c'est un écureuil qui vous le dit.

Il enfila un sweat-shirt framboise à capuche barré d'un flamboyant UNIVERSITY OF SOUTH DAKOTA et descendit dans la cuisine d'où émanait un curieux fumet. En soulevant le couvercle de la cocotte en fonte posée sur la cuisinière, il aperçut des larges triangles roses qui flottaient entre deux eaux beigeasses. Diable, qu'est-ce que sa mère s'était encore mis en tête de lui faire avaler ?

Sa mère qui ne semblait pas là du reste.

« À tous les coups, me dit Éric, elle était encore fourrée chez une voisine, à déblatérer une ixième fois sur son fils unique qu'elle a dû élever toute seule et gnâgnâgnâ et gnâgnâgnâ... »

Ceci dit, déblatérer sur son compte, Éric sait qu'il y a matière à. Malgré ses défauts, on peut lui reconnaître une certaine lucidité.

Il saisit son téléphone portable et fit défiler les entrées de son répertoire.

« Fourrière de Sarrebourg j'écoute…

— Bonjour Monsieur je vou…

— Ah non c'est Madame !

— Houmpf pardon, bonjour Madame. Je voudrais savoir si vous aviez par hasard chez vous une Citroën Méhari kaki immatriculée 27 AMP…

— Oui oui oui Monsieur Alterstruff ! On commence à la connaître votre voiture vous savez. Et vous aussi par dessus le marché. »

Sa mère ayant déserté les parages, impossible pour Éric de se faire véhiculer jusqu'au temple de l'escroquerie organisée. Tant pis, il irait à pied. Il avait déjà marché une bonne dizaine de kilomètres le matin, il pouvait bien remettre ça l'après-midi. En plus ce coup-ci, il aurait un carton à porter en moins.

Pour une fois, la chance lui sourit, dans la mesure où il arriva juste avant la fermeture de la fourrière. Ce qui ne changeait pas en revanche, c'était le tarif.

« Cent-soixante-dix-huit euros en cash, lui réclama la guichetière.

— Ah quand même, lui répondit Éric, merci bien ! AU REVOIR. Enfin le plus tard possible si possible » (tout généreux que soit le décolleté de la grosse dame, qu'il me précisa).

Il démarra sa Méha-Jeep et fila travailler.

IX

Sur la route, Éric s'approcha du passage à niveau devant lequel il avait laissé sa Méhari en plan la veille. Cette fois-ci, aucun train de marchandises ne passait par là. Dans le cas contraire, rien ne dit qu'il n'aurait pas de nouveau été tenté de s'échapper.

Il roula encore quelques kilomètres avant de se garer sur le vaste parking en terre battue du bowling local. Un bowling un peu miteux, à l'écart du centre de Sarrebourg. Sur ses façades fatiguées, d'immenses lettres en néon rouge vous flinguent la rétine. Avec des bonnes lunettes de soleil — ou mieux, des lunettes pour éclipses solaires — on peut néanmoins lire « SARREBOWLING ».

Éric coupa le moteur. Ça y est, il était arrivé au boulot.

Pour essayer de se donner un peu de contenance, il chaussa justement sa paire de lunettes noires — « des Ray-Ban Raywaffel, rien que ça petit rouquin ! » — et entra dans l'établissement d'une démarche assurée. Façon John Wayne, ou pas loin. Mais on entendait moins les talons de ses santiags que le grincement de ses guibolles. Il s'approcha du bar. Une demi-douzaine de visages rigolards se décollèrent de l'écran de télé fixé au mur pour se tourner vers lui.

« Alors Ricky, on a encore fugué ? »

Et tout le monde partit d'un rire balourd. À l'exception d'Éric évidemment, qui préféra le jaune au gras.

Derrière le comptoir, une jolie brunette fit éclater une bulle de chewing-gum avant d'ajouter :

« Mais vous inquiétez pas boss, personne s'est inquiété pour vous. »

Et rebelote, tournée générale de rires gras.

Judy — la brunette — est l'unique employée

d'Éric. Son véritable prénom c'est Julie, mais dès son premier jour de travail au bowling, Éric l'a initiée aux subtilités du marketing.

« Tu sais Julie, on vend du rêve ici. Du rêve made in USA, même. Alors si t'es O.K., désormais entre ces quatre murs, tu pourrais être Judy. Deal ? »

Il est comme ça Éric. Enfin Ricky quoi. L'idée plut tout de suite à Julie, qui trouvait ça fun. Et son nouveau patron aussi, elle le trouvait fun.

Le job de Judy est assez basique. Si j'ai bien saisi les explications d'Éric, il s'agit essentiellement de louer des chaussures tricolores qui puent à des boutonneux, de leur vendre des parties supplémentaires en les aguichant un peu, et de servir des bières américaines brassées aux Pays-Bas à une poignée de pochetrons vissés au bar qui n'ont jamais songé à faire le moindre *strike* de leur vie. Et régulièrement, elle assure aussi l'intérim de son déserteur de patron.

Voilà, comme ça les présentations sont faites avec Judy.

Éric la prit à l'écart :
« Y a eu du monde hier ?
— Autant que dalle que d'habitude boss. Dans les trois-cents balles je dirais.
— Damned ! *(Éric avait découvert cette expression dans une bande dessinée)*
— Comme vous dîtes boss. »

Judy lança un regard enjôleur à Ricky. Exactement comme si elle avait voulu lui refourguer à lui aussi des parties de bowling supplémentaires.

« De trois choses l'une, se dit Ricky : soit elle exerce son travail avec beaucoup de zèle, soit c'est une fieffée allumeuse, soit elle en pince pour moi. Peu importe. Dans tous les cas, je me rentre. Faut que j'aie une discussion avec le Cantarville. »

Ricky tourna les talons et se dirigea vers la sortie. Un des piliers du bar, une Budweiser à la main, lui lança un cinglant :

« Salut Houdini ! »

Fou rire général.

X

« Tu manges ici ce soir ? demanda sa mère à Éric quand il franchit la porte de la cuisine.

— Euh oui m'man, sans doute.

— J'ai cuisiné tes oreilles de gorets. Je savais pas que t'aimais ça. Y en a un sacré paquet dis-donc. »

Aaaaaah ! C'était donc ça les gros triangles roses qu'il avait aperçus en début d'après-midi dans la cocotte, et qui ressemblaient à du revêtement de raquettes de ping-pong.

« Ah euh… nan nan je dîne pas ici en fait. Désolé m'man j'avais oublié, j'ai un truc prévu. Un rendez-vous avec euh… quelqu'un. Quelqu'un qui… qui est une personne. Enfin, des gens au singulier si tu préfères. »

Éric s'enferma dans la salle de bains et déplia le Cantarville, ce qui n'était pas une mince affaire. À chaque fois ça lui coûtait deux bonnes minutes et quelques jurons bien cruels à l'égard de cet ustensile qui avait tout de même en son temps révolutionné les arts ménagers. Mais ça y est, le bazar était installé, prêt à entendre les confidences de Ricky qui se courba pour murmurer à l'oreille du tas de fils de fer.

Il rejoua la scène pour moi.

« Voilà petit rouquin, on va dire que t'es le Cantarville à ma mère O.K. ? Alors écoute bien ce que je lui ai dit… » qu'il m'a dit.

Sauf que j'ai toujours pas compris à quoi ça ressemblait son bidule, moi. Bref. Le Cantarville que j'étais devenu ouvrit en grand ses esgourdes :

« Ça va plus en ce moment. Rien ne va plus. J'ai la louze. Chuis un louzeur. Chuis même la risée d'une brochette de poivrots. C'est affreux. J'étouffe. Faut que j'arrive à partir d'ici. Mais c'est pas d'une petite fugue avortée que j'ai besoin, ça non ! C'est d'un grand voyage. Une ÉPOPÉE mon pote ! Alors bon, VOILÀ, j'ai pensé à un truc tout à l'heure, dans ma Méhari. Ça a fait *pilt !* Tu sais que je rêve de l'Amérique depuis toujours hein, c'est un secret pour personne *(J'ai fait oui de la tête, mieux qu'aucun Cantarville ne l'a vraisemblablement jamais fait)*. Le problème c'est que chuis fauché comme les blettes. Et puis avec tous ces puceaux qui préfèrent jouer au bowling sur leur Ouiiii, ça va pas s'arranger. Donc voilà la grande idée que j'ai eue : je vais faire LE TOUR DE FRANCE DE L'AMÉRIQUE ! Haha, parfaitement ! Je vais sillonner l'Octogone en train de marchandises — comme dans les westerns — à la découverte des sites qui ressemblent comme deux gouttes d'eau à ceux des You-Esse-Hé ! Yep. De la même manière qu'on peut visiter notre beau pays rien qu'en allant chez France Miniature, chuis persuadé qu'on peut découvrir l'Amérique sans quitter la France. Pour peu qu'on la voie comme un *USA Miniature*. Tu piges ? Dans le Puy de Dôme par exemple y a un endroit qu'on appelle le Colorado auvergnat à ce qu'il paraît. Incroyable hein ! Le rêve américain, que ça va être ! Low-cost peut-être, mais je m'en fous, ce sera le rêve américain quand même, MON rêve américain ! Tu sais que là-bas, les Cantarville comme toi ils sont grands comme des pylônes haute tension !

Mais bon, j'ai pas envie de me louper. Alors cette fois-ci, je te garantis que je vais la bosser un minimum mon escapade. »

XI

C'est comme ça qu'Éric a passé des journées entières sur l'internet, avec la connexion toute pourrie de chez sa mère.

« Une connexion aussi vieille que Matthew Zalem » qu'il m'a dit.

Moi l'internet c'est comme le Cantarville, ça me parle pas beaucoup. Mais Éric était infiniment fier de ses recherches. Il estimait avoir fait du bon boulot. Il avait commencé par recenser tous les coins de France comparables de près ou de loin à des sites mythiques états-uniens. Il avait ensuite sélectionné ses préférés. Et puis il avait dégoté une carte qu'il jugeait « relativement exhaustive quoique chichement détaillée » intitulée « SNCF Réseau – Trafic Fret ». On y voit le tracé de toutes les lignes de trains de marchandises qui sillonnent la France.

« Avec pour chacune son TMJA ! C'est le trafic moyen journalier annuel si tu préfères *(journalier annuel ? Y a pas un truc qui cloche Éric ?)*. Et y a même les corridors internationaux petit rouquin ! Y en a pas moins de trois tu sais : le *Atlantic*, le *Mer du Nord-Méditerranée*, et le *Méditerranée*. C'est dingue. »

Il m'a montré la fameuse carte. Soyons clair : c'est un bordel sans nom.

Peu importe, il se sentait prêt. Et puisqu'il voulait vivre pleinement son odyssée, il avait décidé d'emporter le moins d'affaires possible.

« *The less is the more* comme disent les Yankees. J'ai envie d'être au plus près de la nature tu comprends. Me sentir tout petit face à l'infiniment grand du Puy de Dôme par exemple. Franchement petit rouquin, pour la ruée vers l'or, tu crois que les pionniers ils s'embarrassaient avec des téléphones portables ou des paires de chaussettes de rechange ? Hein ? Alors dans mon sac à dos j'ai simplement mis une gamelle, un couteau suisse, un rasoir jetable que j'ai pas l'intention de jeter, mon Zippo, un sac de couchage, une boussole, deux-cents euros en cas de coup dur, et basta ! Ah oui et puis un slip de rechange aussi. Parce que autant des chaussettes ça m'étonnerait, autant un slip de rechange, même James « Grizzly » Adams il en avait un. »

Éric s'était donné « trois mois, plus ou moins deux mois » pour boucler son périple. Périple qu'il effectuerait dans le sens des aiguilles d'une montre.

« Je me suis dit que c'était une manière de ralentir le temps… Ou de l'accélérer, je sais pas trop. Pour pas te mentir, je me trompe tout le temps pour les changements d'heure. »

Donc voilà, cette fois c'était la bonne. Au bout de son voyage, de cette quête presque, Éric serait un homme neuf. C'était pour lui une évidence.

Il partirait de chez sa mère le lendemain à l'aube. Sur la pointe des pieds.

XII

« Éric ? Éric ? C'est toi qui fait tout ce raffut ? »

La mère Alterstruff s'extirpa de son lit en maugréant. Son radio-réveil Lansay affichait quelque chose comme 5:12.

« Qu'est-ce qu'il fabrique encore, ce grand débile... » grommela-t-elle.

Elle sortit de sa chambre située au rez-de-chaussée de la maison et découvrit un enchevêtrement de longs membres en bas de l'escalier. Une voix s'en échappa.

« Ouille ouille ouch ! C'est rien m'man, j'me suis viandé dans l'escalier.

— Nan mais t'as vu l'heure ??

— Je sais m'man mais euh... j'allais à la boulangerie en fait. Une subite envie de bretzel tout droit sorti du four.

— Ah, ça je peux comprendre... »

En tant que boulangère mosellane à la retraite, les bretzels c'était toute sa vie à la mère du grinçant. Une grande histoire d'amour même. Jouer sur une telle corde sensible n'était pas bien glorieux de la part d'Éric, mais bon c'est tout ce qu'il avait trouvé.

Après ça, il aurait bien eu besoin d'un coup de main pour se déplier, mais « m'man » s'était déjà recouchée. Tant mieux cela dit, il pouvait déguerpir tranquille.

Il lui fallait une bonne heure pour rejoindre à pied le passage à niveau où il s'était lamentablement trompé de direction la fois précédente. Il marchait de bon cœur, sa veste à franges et son vieux sac U.S. sur le dos, un bandana autour du cou, un jean délavé sur les fesses et ses santiags vissées sur les arpions. Même ses Raywaffel étaient de sortie, bien qu'il fît encore nuit (vous noterez au passage ma parfaite maîtrise de l'imparfait du subjonctif). Pour résumer, Éric semblait tout droit sorti d'un épisode de *Hélène et les garçons* après vingt-cinq ans de détention (vous noterez également ma parfaite connaissance du PAF).

Arrivé devant les barrières du passage à niveau, il sauta cette fois dans le bon train. C'est-à-dire que pour sa conquête de l'Ouest, il ne prit pas celui qui filait au nord, mais plutôt celui qui fonçait plein est. Ça peut paraître compliqué comme ça, mais avec la carte « SNCF Réseau – Trafic Fret » sous les yeux, vous comprendriez au premier coup d'œil que ça l'est réellement.

XIII

L'ivresse de la liberté n'est pas une légende. Éric était euphorique. Il arpenta les wagons du train de marchandises un par un en sifflotant, à la recherche de victuailles quelconques qu'il pourrait chaparder. Il trouva essentiellement des boîtes de boulons et des conserves de choucroute non garnie.

« Va pour la choucroute », qu'il se dit en en jetant trois boîtes dans son sac U.S.

Alors que le convoi traversait une forêt à l'approche de Colmar, Éric bondit du train. Avant la première étape « américaine » de son grand voyage, il avait hâte de passer une première nuit toute simple, façon pionnier. En tête-à-tête avec mère nature. Ça lui changerait de l'autre.

Il parcourut les sous-bois à la recherche de champignons, il chantait à ses amis qu'il devait s'en aller, qu'il n'avait plus qu'à jeter ses clés, car elle l'attendait depuis qu'il était né, l'Amérique, l'Amérique, et il répétait qu'il voulait l'avoir l'Amérique, et qu'il l'aurait, et que si c'était un rêve il le saurait. C'était d'un pénible... D'autant plus qu'il chantait à la fois à tue-tête et comme une seringue. Et que sa performance était entrecoupée de « Ouille ! », de « Aïe ! » et de « Crés vingt bleus ! Font vraiment chier ces ronces ! » fort discourtois.

Voilà, c'est comme ça que je l'ai rencontré, l'animal. Il m'a sorti de mon hibernation. Certains objecteront que ça n'hiberne pas un écureuil. Oui et bah je leur répondrais que ça dépend. Dois-je rappeler que je ne suis pas n'importe quel écureuil, saperlipopette ? Bref, toujours est-il que je ronflouillais paisiblement dans mon nid, perché en haut de mon épicéa, et que le doux dingue et son boucan m'ont réveillé pour de bon. J'ai ressenti une irrépressible envie de me frotter les yeux, mais j'étais encore tout engourdi. Des mois de sommeil avaient installé une pleine fourmilière dans mes papattes. Il me fallait donc patienter un peu. EN SUPPORTANT JOE BASSIN. Chose faite, je pus donc enfin soulager mes démangeaisons oculaires et m'étirer de tout mon long.

J'observais d'un œil distrait l'hurluberlu chantant quand il se baissa pour cueillir un champignon. Mais pas n'importe lequel. Un gyromitre !

J'éprouve certes une sympathie très limitée pour l'espèce humaine, mais ce n'est pas pour autant que j'allais laisser un de ses représentants agoniser sous mon nez ! Je saute donc de mon nid et cours jusqu'au décérébré (non sans m'écrouler plusieurs fois, les fourmis n'ayant pas encore toutes déserté mes membres). Et CLAK ! je lui mords la main de toutes mes forces. Et je peux vous assurer qu'après quatre mois de repos, j'en avais à revendre.

XIV

« Aïïïïïïïïïïe ! Mais ! Mais qu'est-ce que c'est que ce marsupial !? » hurla le boy-scout.

Je lui ai planté mes yeux dans les siens, l'air de dire :

« Écoute-moi grand dadais, je sais pas d'où tu sors, mais je suis ce qu'on appelle un écureuil, é-cu-reuil, O.K. ? Et ce que tu t'apprêtais à becqueter, ça s'appelle un gyromitre. Et ton gyromitre, regarde bien ce que j'en fais. »

J'ai pris un peu d'élan avant d'expédier d'un maître coup de pied le *gyromitra esculanta* dans un tas de ronces à l'autre bout de la clairière. Pas peu fier de mon geste, j'ai ensuite exécuté une petite danse digne des plus grands marqueurs de *touchdowns* de l'histoire du football américain. Éric était scié. Moi aussi pour être honnête. La douleur de ma morsure s'est alors brutalement rappelée à lui. Il faut reconnaître que je l'avais pas loupé. Il faut dire aussi que chez les rongeurs de mon espèce, la croissance des dents est continue, histoire de compenser leur usure naturelle. Je vous laisse par conséquent imaginer la longueur de mes quenottes après tous ces mois d'inactivité.

Après l'avoir privé de son dîner et entaillé jusqu'aux métacarpes (vous ai-je parlé de mes connaissances en anatomie ?), le loustic aurait dû me détester, non ? Mais il semblait bien que cet homme-là était différent des autres, puisqu'il avança gentiment vers moi et m'adressa la parole à voix basse.

« T'as bazardé mon casse-croûte et flingué mes métatarses... Normalement je devrais t'assommer avec une pierre, te dépouiller et puis te faire rôtir au bout d'un morceau de bois avant de te bouffer à pleines dents, comme l'aurait fait ce bon vieux Davy Rocket. Mais je sais pas, tu m'as pas l'air d'être un marsupial comme les autres.

— *C'est peut-être tout bonnement parce que JE NE SUIS PAS un marsupial !* » lui ai-je répondu intérieurement en prenant mon air le plus kawaii.

Peu importe. Après cette entrée en matière pas banale, l'homme pas banal non plus se présenta.

« J'm'appelle Éric, mais je préfère qu'on m'appelle Ricky.

— *O.K.*, que je lui ai répondu une nouvelle fois dans ma tête. *De mon côté je n'ai pas eu le privilège de recevoir un prénom. Mais tant que tu me prendras pour un marsupial, je peux t'assurer que je t'appellerai Éric.* »

C'était bien mignon ces bavardages, mais j'avais quelque chose à lui montrer. Je lui ai fait comprendre de me suivre un peu plus loin dans la forêt et je l'ai amené jusqu'à une belle planque de morilles coniques.

« Ha dis donc ! qu'il a fait. Des gorilles ! Mais... du coup j'me demande si le champi dans lequel t'as shooté tout à l'heure pour m'enquiquiner, c'était pas un dyjomitre ou un truc comme ça. Une saloperie en tout cas. »

Sans blague.

« J'ai l'impression que t'es un sacré ouistiti hein, petit rouquin ! » qu'il a ajouté.

Alors bon pour « petit rouquin » j'en raffole pas, mais après tout pourquoi pas. En revanche ouistiti : c'est NON. Pas plus que marsupial vois-tu, ÉRIC.

XV

Le soir venu, Éric s'est mis en tête de préparer un feu. Je l'ai regardé faire et à ma grande surprise, il s'en est plutôt bien tiré. Seul bémol quand, à la recherche de petit bois, il a levé la tête et aperçu mon nid. Il louchait dangereusement dessus. C'est sûr que ma garçonnière avait tout de l'allume-feu idéal, avec ses brindilles, ses feuilles et sa mousse bien sèches. J'ai filé sur le tronc de mon arbre pour faire barrage au pilleur.

« *No pasarán el gringo !* » que je lui ai hurlé dessus en faisant « piiiit piiit piiit ! ».

Mon intervention a été très dissuasive, surtout quand j'ai retroussé mon nez pour lui montrer mes incisives.

Malgré l'épaisse fumée blanche produite par des branches encore trop vertes, cette soirée au coin du feu fut en tout point charmante. Comme je l'avais senti à la première seconde, Éric était un drôle de zigue. Et attachant avec ça. Il m'a raconté son histoire — celle-là même que j'ai commencé à vous rapporter — jusque tard dans la nuit. J'ai trouvé son chapelet de confidences particulièrement touchant. Il m'a même parlé du doudou qu'il avait enfant ! Il faut dire que c'était un écureuil en peluche. Désormais usé jusqu'à la corde et plus raplapla qu'une crêpe, mais qui trône encore sur une étagère de sa chambre, chez sa mère. Ça m'a d'autant plus attendri que c'était la première fois qu'il semblait faire le rapprochement entre ma personne et le *Sciurus vulgaris*.

Mais tout de même, qu'est-ce que les humains vaguement dépressifs peuvent se montrer bavards dès qu'ils ont trouvé oreille à qui se confier ! Pfuiii ! Ça en devenait presque assommant. D'ailleurs j'ai piqué du nez à plusieurs reprises. Remarquez, la digestion de la demi boîte de choucroute que je m'étais enfilée n'y était sans doute pas étrangère non plus.

De son côté, Éric s'est empiffré des morilles, qu'il faisait griller dans les flammes au bout d'un bâton.

« Tu sais *krkrr* que les Américains font la même chose avec des marshmallows *krkrr* ? qu'il me lança.

— *Ah ? Jamais entendu parler de cette espèce de champignons.*

— C'est pas aussi bon *krkrr* que les gorilles, mais y'a moins de sable dedans, c'est moi qui te *krkrr* l'dis ! » qu'il continua en recrachant des petites comètes autour de lui.

J'avais bien envisagé de lui faire comprendre qu'il fallait soigneusement les laver avant, ses morilles. J'aurais pu uriner dessus par exemple. Mais pas sûr qu'il eût saisi la métaphore. Il m'aurait encore pris pour un briseur de noisettes.

« Tu sais quoi petit rouquin ? Tu me fais penser à un gars qui venait souvent au bowling y'a quelques années. Ronald qu'on le surnommait. Eh bah il avait les mêmes hobbies que toi : sieste et choucroute ! Choucroute de la mer de préférence. Et puis un jour on l'a plus revu. Y en a qui racontent qu'il s'est fait crayonnégiser — congeler si tu préfères — dans un tonneau de chou fermenté avec des filets de haddocks. Mais j'y crois qu'à moitié. »

Oui et bah parfois une moitié, c'est déjà trop Éric.

XVI

J'ignore si c'est l'excès de choucroute, mais j'ai éprouvé les pires difficultés à trouver le sommeil ce soir-là. Je tournais et me retournais sans cesse dans mon nid. Je repensais au périple d'Éric. Cette espèce de voyage initiatique qu'on réalise normalement — et par définition — dans ses jeunes années, mais que le zigoto entreprenait pour sa part à quarante-cinq ans. Une telle candeur me déroutait. Et en même temps je l'enviais, cette fraîcheur. Et puis... d'une certaine manière l'histoire d'Éric faisait écho à la mienne.

HOP HOP HOP ! Doucement ! Je vous vois venir à des kilomètres ! Là, vous pensez que je vais me confier à mon tour. Le grand déballage de traumas personnels. Tatata... C'est pas parce que je vis tout nu que je ne suis pas pudique hein. Ça n'a rien à voir. Et puis on se connaît à peine. Plus tard peut-être. On verra. La seule information personnelle que je consens à livrer pour l'instant, c'est que moi aussi j'ai quarante-cinq ans, dans la mesure où j'en ai huit (oui, l'échelle du temps des écureuils est comparable à celle des chats ou des chiens). Bref, mes jeunes années se font vieilles. « Ma vie, y en a plus derrière que devant », pour reprendre l'expression d'Éric.

Mais revenons à nos moutons. Ou plutôt aux miens, ceux que je comptais inlassablement pour essayer de m'endormir sans succès. Ils sautaient la barrière en me jetant tous un regard goguenard. L'air de dire :

« Hé salut vieux schnock, nous on se barre d'ici HA HA HA ! »

Les usines à pulls me narguaient ! Elles moquaient ma sédentarité, mon immobilisme ! Et quelque part, ma peur de l'inconnu.

Et si c'était MOI la poule mouillée finalement ? Je n'osais pas me l'avouer. Trop fier évidemment, avec ma couleur flamboyante et ma queue d'apparat. Et pourtant la vérité crevait les yeux : j'étais bel et bien l'unique poule mouillée de cette histoire. Bien trempée même, la poule rousse, dans le petit confort de son nid moelleux, à grignoter éternellement des pommes de pin dans le même rayon de cinq-cents mètres.

Eh bien moi aussi j'allais partir à L'AVENTURE tiens ! Non mais. Quand on chauffe une poule mouillée, elle se transforme en cocotte minute.

XVII

« GO OUESSSSSST ! LIFE IS PEACEFUL THERE
GO OUESSSSSST ! LOTS OF OPEN AIR

GO OUESSSSSST ! TO BEGIN LIFE NIOUUU
GO OUESSSSSST ! THIS IS WHAT WE'LL
DOUUUU... »

Le réveil fut aussi violent que l'endormissement fastidieux. Éric chantait à pleins poumons en se déhanchant au milieu de la clairière, torse nu sous sa veste à franges, avec des plumes de faisan maintenues autour du crâne par son bandana. Même vu du haut de mon épicéa, ça restait lui le plus perché.

Je suis descendu de mon nid en me bouchant les oreilles (et c'est franchement pas évident).

« Ah t'es réveillé petit rouquin ? qu'il m'a lancé après avoir stoppé sa danse de la pluie.

— *Bah disons que tu m'as pas vraiment laissé le choix.*

— J'ai une de ces patates aujourd'hui ! WOW !

— *Me parle pas de nourriture s'il te plaît. J'ai encore ta choucroute sur l'estomac.*

— Ma première nuit américaine ! WOW !

— *Oui eh bah je sais pas si c'est le décalage horaire, mais ma nuit américaine à moi elle a été courte et agitée à la fois. J'ai notamment rêvé d'un western joué par des écureuils. Avec des écureuils-shériffs et des écureuilles-filles-de-joie-en-nuisettes-à-froufrous. Je te dis que ça.*

— Écoute petit rouquin, tu sais ce que certains Indiens d'Amérique disent d'un homme tout le temps en mouvement ?

— *Qu'il a des oxyures ?*

— Qu'il a la force de l'écureuil ! Du coup j'y vois comme un signe tu vois. C'était écrit, quelque part, qu'on devait se rencontrer. Alors bon en plus, vu la chouette soirée qu'on a passée ensemble hier, j'ai eu une idée...

— *Moi aussi figure-toi ! Me dis pas que... ?*

— ... Ça te dirait qu'on le fasse ensemble, ce grand voyage ?

— *Haaaaannnnnnnnnn !*

— ... J'ai l'impression qu'il y a rien qui te retient ici, nan ?

— *Effectivement. À part un goût certain pour l'ennui, rien !*

— Qu'est-ce que t'en dis ?

— *Bah j'ai envie de hurler C'EST PARTI MON RICKY ! pardi, de t'exprimer ma joie et ma reconnaissance avec un vocabulaire riche et varié, des phrases luxuriantes et des envolées d'albatros ! Mais dans la mesure où je suis incapable d'articuler autre chose que piiiit piiit piiit ! je vais m'en contenter.*

— Alors ?

— Piiit piiit piiit ! »

Et j'ai sauté dans son sac U.S. où je me suis pelotonné dans le slip propre. Ricky a souri avant de rassembler ses affaires et d'enfiler son sac sur l'épaule. Pour moi aussi, l'aventure commençait. Avec un drôle d'autoradio.

« GO OUESSSSSST ! LIFE IS PEACEFUL THERE... »

XVIII

La maîtrise de la boussole étant exercice plus compliqué qu'il n'y paraît, c'est en zigzagant que nous avons rejoint le chemin de fer qu'Éric avait quitté la veille dans un rude roulé-boulé. J'ai ensuite pu vérifier que monter dans un train de marchandises en marche n'est pas chose aisée non plus. Depuis le wagon dans lequel Ricky m'avait balancé avec son sac avant de s'agripper à la plateforme, il ressemblait à un skieur nautique de barefoot dont il était pourtant le parfait contraire : sans plan d'eau et avec des santiags.

« Destination Mulhouse petit rouquin ! » qu'il avait ensuite annoncé en reprenant son souffle.

Deux minutes plus tard, il s'absenta pour faire un rapide inventaire des marchandises transportées à bord du train.

« Avec un peu de bol je tomberai sur de la charcutaille du coin, s'enthousiasma-t-il, histoire d'agrémenter les deux boîtes de choucroute nature qu'il nous reste. T'as déjà entendu parler de la fameuse saucisse de Mulhouse ? »

Il revint avec un sourire crispé et deux pots de moutarde. Et puis il déplia d'un air satisfait sa carte gloubi-boulguesque qu'il me colla sous le nez.

« Regarde, ce train a probablement emprunté le corridor *Mer du Nord-Méditerranée* qui passe par Dijon ! En revanche, pas de traces de saucisses ou de salaison. Même pas la moindre oreille de goret... »

On approchait de Mulhouse. Je rejoignis le slip dans le sac à dos, qu'Éric enfila ensuite sur ses épaules. Pas le slip hein, le sac à dos. C'est vrai qu'Éric est approximatif, mais il y a des limites. Que LUI SEUL est autorisé à franchir.

Pour sauter du train en minimisant les risques de grosse gamelle, Éric pensa judicieusement à courir sur la plateforme avant de s'élancer dans le vide. Malheureusement, au lieu de le faire dans le sens du train, il le fit dans l'autre. Sa chute sur le ballast n'en fut que plus violente. Ça devenait une habitude. Ce genre d'habitudes auxquelles on a du mal à s'habituer.

Juché sur l'épaule de mon drôle de zèbre franco-pseudo-américain qui marchait d'un pas alerte, j'ai pour la première fois de ma vie vu de mes yeux vu un rond-point, un Saint-Maclou, un Cuir Center, et un KFC. Bref, ce que vous appelez — non sans un certain toupet — « la civilisation ».

« Voilà, on y est petit rouquin ! La première étape de notre voyage organisé ! » qu'il me lança fièrement en tendant son bras vers un petit panneau de signalisation.

Dessus était inscrit « R.N. 66 ».

XIX

« WOW ! Petit rouquin, tu as sous les yeux et sous mes pieds la *route sixty-six* ! Enfin, la version française hein. La version originale, aux Stetz, c'est un mythe. THE mythe même. La première route goudronnée trans-continentale en Amérique mon lapin, rien que ça. De Chicago-Illinois à Santa-Monica-California. J'en pleurerais presque. C'est émouvant, pas vrai ?

— *Ouais bah appelle-moi encore une fois lapin et je te perce les oreilles avec mes dents. Je te garantis que tu vas réellement en avoir des larmes.*

— Bon forcément, celle-là elle est un peu moins glamour. Elle naît à la frontière Suisse et meurt trois cents kilomètres plus loin, dans les Vosges. À côté des trois-mille-six-cent-soixante-dix bornes de la vraie, elle fait petit joueur. Tu sais qu'on la surnomme *Mother Road* la grande sœur aux Stetz ? Je trouvais le symbole hyper fort pour un point de départ. Pas vrai ?

— *Chépas. J'ai la dalle.*

— Bon bah je sais pas toi, mais moi j'ai une de ces balles. »

On a cassé la croûte sur le bas-côté. Choucroute nature pour Éric. Personnellement, j'en avais eu ma dose la veille, alors je me suis rabattu sur la moutarde. Et j'ai remarqué que la moutarde aussi, on en avait vite sa dose.

« Bon, on va pas la faire à pied cette *route sixty-six* quand même ! » s'est ensuite exclamé Éric en se relevant.

Il s'est posté au bord de la nationale et a tendu le bras au bout duquel il a tendu le pouce. Et puis il est resté deux bonnes heures comme ça. Mais ça valait le coup d'attendre, à en croire ses gloussements de joie quand un side-car Harley Davidson s'est arrêté sur le bord de la route quelques mètres après nous. Le pilote a relevé sa visière et a fait signe à Éric, qui jubilait littéralement, d'approcher. Moi c'est quand j'ai vu la divine copine du pilote sortir du side-car que j'ai jubilé. WOW ! C'est vrai qu'elle valait le coup cette *route sixty-six* !

« Salut cow-boy, tu vas où ? demanda le pilote.

— Bah euh... Chépas, vers là.

— O.K. monte dans le *side*, Shirley va grimper derrière moi. Au fait, moi c'est Francky.

— Okay ! Cool ! Ricky, enchanté. Euh... j'ai une petite bébête avec moi. Mais elle est propre hein, ça pose pas de problème ? interrogea ce traître d'Éric en essayant de m'enfoncer au fond de son sac.

— Haha non. T'es un marrant toi ! »

Et voilà, roule ma poule, c'est parti mon kiki et en avant la musique. Parce que oui, figurez-vous qu'il y avait même de la musique sur le tricycle. Et pas n'importe laquelle : *Born in the USA* par un certain

« Bruspringtine ».

Les cheveux au vent et la banane aux lèvres, Éric planait.

XX

Je planais moi aussi. Mais toujours à cause de Shirley. Elle portait une combinaison intégrale en cuir moulant des plus... moulantes. Et du casque qu'elle avait enfilé s'échappaient ses longs cheveux aux subtils reflets roux qui étaient autant de tentacules dorés criant l'amour de la vie, et plus ostensiblement encore, l'amour de l'amour. Oui, parfaitement. J'ai le droit d'être lyrique à mes heures. Je rappelle que c'est mon livre.

Incroyable : elle lançait des œillades à Éric qui — j'hallucinais ! — ne remarquait rien. Ça me rendait vraiment fou ! À croire qu'un vieux tube amerloque hurlé par les enceintes d'une boîte en ferraille filant sur une route nationale alsacienne suffisait au bonheur de l'imbécile. Alors qu'à moins d'un mètre de lui, une créature on ne peut plus sexuée lui faisait des avances. Et plus il l'ignorait, plus Shirley en rajoutait pour attirer son attention. Elle appuyait ses clins d'œil autant que sa cambrure, en même temps qu'elle léchait avec gourmandise l'intérieur de sa visière. C'était un spectacle tout à fait stimulant pour le mammifère érotomane que je suis. Autrement dit : j'avais une érection digne de la place de la Concorde.

Tiens, permettez-moi ce petit aparté zoologique, mais saviez-vous que chez nous autres écureuils, la notion de couple n'existe pas ? Tout le monde couche avec tout le monde. Ou du moins essaie. Un peu comme au Cap d'Agde si vous voulez.

Bref, tout ça pour dire que je me décidai à sortir Éric de sa bulle à petits coups de chicots dans la nuque. Il sursauta, et en tournant la tête vers moi, découvrit enfin l'incroyable opportunité sexuelle qui s'offrait à lui sur un plateau de cuir pleine fleur. Eh bah il a rougi ! Le corniaud a rougi ! Il a baissé les yeux comme un adolescent prépubère ! Je crus mourir. Francky, intrigué par ce qui se tramait dans son dos, tourna la tête à son tour et prit Shirley en flagrant délit de langoureux léchage de visière. Son sang ne fit qu'un tour (Éric comprenait son courroux. D'un point de vue ne serait-ce que sanitaire, c'est vrai que c'était un peu limite). Francky freina sec et rangea son engin sur le bord de la route. Ni une ni deux, il fit sèchement descendre Éric du side-car en lui bottant les fesses et fit usage de ses pétulants biscottos pour y installer Shirley à sa place. Je sautai in extremis rejoindre Éric sur le bitume avant que Francky ne redémarre à pleins gaz. Shirley eût la gentillesse de balancer le sac U.S. d'Éric dans le fossé quelque deux-cents mètres plus loin.

XXI

J'ai regardé Éric. Visiblement, on l'avait sorti de son rêve un peu brutalement. Il semblait encore vaporeux. On a rebroussé chemin jusqu'à Mulhouse. Douze kilomètres. À pied cette fois. Trop dangereux l'auto-stop. Éric ne disait rien. Sans doute était-il affecté par la tournure en forme de flop qu'avait prise la première étape de son pèlerinage.

Une fois hissé dans un nouveau train de marchandises, il avait simplement sorti un stylo-bille et un carnet de la poche de sa veste, et commencé à griffonner quelque chose. Une ou deux heures plus tard, il m'a sorti de ma sieste en me secouant avec un large sourire.

« Ouvre bien tes oreilles petit rouquin, j'ai écrit une chanson sur l'air de *Route 66*. C'est une espèce de blues, un standard chanté jadis par Nat King Claude. J'ai fait ça dans la tradition des westerns tu vas voir. »

Effectivement, entre le refrain et chaque nouveau couplet, il massacrait quelques notes à l'aide d'une guimbarde qu'il avait également sortie d'une poche de sa veste (ma foi, elles étaient sacrément grandes les poches de sa veste !).

« Attention, c'est une guimbarde "hétéroglotte" hein, pas "idioglotte" ! Euh attends... à moins que ce soit le contraire ? *(personnellement j'aurais mis ma patte à couper que TOUTES les guimbardes sans distinction étaient idio-quelque chose, mais bon).* Ouais, on s'en fiche en fait. En tout cas c'est une guimbarde pour gaucher, je l'ai eue en promo ! qu'il me précisa fièrement. Mais du coup c'est pas évident-évident. »

Le résultat était pour le moins déroutant, cela dit « dans le rock, ce qui compte c'est la sincérité » qu'il a ajouté.

Je retranscris ici les paroles. Si vous connaissez la mélodie originale, libre à vous d'imaginer ce que ça peut donner avec un air de guimbarde. Le chef-d'œuvre s'intitule tout bonnement :

Route Nationale Sixty-Six
(Éric Alterstruff / Bobby Troup)

« J'viens d'la région des bretzels
Enfin pas loin, d'la Moselle
Et puis voilà qu'j'ai pris l'train
Une sorte de rêve américain

Refrain :
Route nationale sixty-six
Avec mon nouveau complice
Route nationale sixty-six
On a la choucroute, mais pas les saucisses

Tsoing-tsoooing-tsouing (Guimbarde)

Je croise un féroce marsupial
Il veut quoi ? Que je l'empale ?
Mais v'là-t'y pas, fichtre !
Qu'il me sauve d'un dyjomitre

Refrain :
Route nationale sixty-six
Avec mon nouveau complice
Route nationale sixty-six
On a la choucroute, mais pas les saucisses

Tsoing-tsoooing-tsouing

Auprès d'lui je m'épanche
La nuit est quasi-blanche
Au petit jour il dit banco

O.K. amigo, je t'embarque illico

Refrain :
Route nationale sixty-six
Avec mon nouveau complice
Route nationale sixty-six
On a la choucroute, mais pas les saucisses

Tsoing-tsoooing-tsouing

Un couple en Harley
Elle c'est Shirley
Un couple en Davidson
Lui c'est plutôt Charles Bronson

Refrain :
Route nationale sixty-six
Avec mon nouveau complice
Route nationale sixty-six
On a la choucroute, mais pas les saucisses

Tsoing-tsoooing-tsouing

On a cru qu'c'était la fin
Pas loin du précipice
Car en guise de saucisses
On a eu de l'eau de boudin ! »

XXII

Rejoindre l'escale yankee inscrite à la suite du
programme nous a pris une bonne semaine, et une

demi-douzaine de convois différents. Il fallait atteindre Saint-Étienne, où un dernier tortillard nous mènerait à destination. C'est loin, l'Amérique.

Éric s'est relativement peu trompé dans l'itinéraire. Disons que je m'attendais à pire. Et il m'a au passage dispensé quelques leçons de géographie française (nous avons entre autres emprunté le « couloir rhodalien », eh bah jamais je ne me serais imaginé qu'il puisse y avoir autant de monde dans un couloir).

Après Lyon, Éric nous a déniché un plein wagon de prodiges charcutiers. Malheureusement, nous avions essoré les dernières boîtes de choucroute depuis quelques jours déjà. Mais bon, pas très grave, la moutarde a fait office de légumes. Le régime alimentaire des écureuils est essentiellement végétarien, cependant il nous arrive parfois de consommer des œufs, voire même des oisillons truffés de pénibles petits os pointus. Autant dire que le gras de porc mou me va donc très bien.

Entre deux trains, j'ai bien essayé d'initier Ricky à l'art subtil de la cueillette des champignons comestibles. Rien n'y a fait. Il est désespérément attiré par les spécimens aux couleurs chatoyantes.

« J'y peux rien petit rouquin ! Regarde-toi, pourquoi que tu me plais autant à ton avis ? Et au bowling c'est pareil. Ha ! Tu m'aurais vu à l'époque où je jouais en compétition ! Chaussures tricolores, chemisette jaune citron, boule fuschia et bandeau en éponge turquoise dans les cheveux. "Le Juke Box" qu'on m'appelait. Les champignons, ça doit être une déformation professionnelle tu vois... »

Parler bowling a ramené Éric à sa vie

sarrebourgeoise, vie qu'il avait manifestement complètement évacuée de ses pensées depuis Mulhouse.

« Je me demande si quelqu'un s'inquiète de ma disparition là-bas, qu'il m'a confié. Si ça se trouve, l'étendue de ma fugue fait dire à ma mère que j'ai enfin réussi quelque chose. J'imagine que Judy se débrouille parfaitement sans moi au bowling. Et que les plaisanteries des poivrots à mon encontre se font de plus en plus rares. Depuis le temps que je leur annonçais que je finirais par me barrer pour de bon... Le seul pincement au cœur que j'ai, c'est au sujet de ma fille. Même si elle a prou ou prou pris son envol, elle passait me faire coucou au bowling de temps à autre. J'espère qu'elle s'affole pas. Tu sais comment on l'a appelée avec sa mère ? Liberty. Ça claque hein ! Bah oui, mon goût pour l'Amérique, que veux-tu... »

XXIII

« T'es au courant que t'empestes mon vieux ? »

Voilà le genre d'amabilités dont est capable Éric. Il peut se montrer grinçant parfois. Et pas uniquement au niveau de ses jambes.

Sa remarque m'a d'autant plus énervé que l'espèce dont je suis l'honnête représentant est connue pour son odorat particulièrement développé. Et que lui ne sentait pas la rose non plus ! Il faut reconnaître que l'hygiène n'est pas notre préoccupation majeure. Mais objectivement, qu'est-ce qui pourrait pousser deux vagabonds — dont un écureuil — qui circulent en train de marchandises, à l'écart de la société, à se laver ? Un pari perdu ?

Nous sommes enfin arrivés à Boudes, Puy de Dôme. Le cœur du Colorado auvergnat dont Éric avait déjà fait mention.

Un dépliant touristique laissé à l'abandon sur le bord d'un sentier nous a rapidement permis de comprendre qu'on devait ce paysage étonnant à une succession de phénomènes climatiques et géologiques parfaitement abscons. Qu'importe. Le panorama était bien digne des plus légendaires westerns hollywoodiens. En plus petit. Mais c'était grandiose quand même, pour peu qu'on soit légèrement myope comme Éric, ou légèrement minus comme moi.

Ne me demandez pas de vous expliquer en détail le pourquoi du comment des rougeoyantes « cheminées de fées » qui forment la « vallée des saints » et le « cirque des mottes ». Moi tout ce que j'ai retenu, c'est qu'à une époque le climat y était tropical ! Et ben elle doit être sacrément reculée cette époque, vu le crachin glacial qui nous est tombé dessus en fin de journée. Une brume s'est même formée. L'endroit n'avait plus rien de coloradesque. D'autant plus qu'au loin se faisait entendre un air de cabrette.

« Un biniou du coin » que m'a expliqué Éric.

Un biniou ? me suis-je questionné. Le nom sonne aussi bizarrement que l'instrument... Encore un qu'il aura déformé.

Ce soir-là Éric a dîné tout seul, parce que je me suis endormi pendant l'apéro. C'est que Ricky m'a poussé à laper jusqu'à la dernière goutte une pleine gamelle de ce Côtes d'Auvergne dont il avait piqué une bouteille en passant devant un producteur du village.

« Et glou et glou et glou et glou... » qu'il me disait en riant.

C'est moche de faire boire les animaux comme ça.

J'ai dormi comme rarement. Mais c'est au réveil que j'ai eu l'impression de rêver.

XXIV

Bras tendus au-dessus de la tête, Éric présentait les paumes de ses mains aux premiers rayons du soleil, en même temps qu'il poussait d'inintelligibles petits cris.

« Mon petit quourin ! Haaaa... J'ai connu l'expérience mystique !
— *Merde, v'là autre chose.*
— Une rencontre avec un esprit amérindien ! Huuuu... Je flirte avec le cosmique.
— *Tu veux dire le comique ?* »

Il n'était pas seulement ivre-mort. Les restes qui trainaient par terre indiquaient qu'il s'était à nouveau aventuré dans la cueillette de champignons sylvestres. Sauf que cette fois je n'avais pas été là pour le mettre en garde, puisque je ronflais. Et son choix s'était porté sur des *amanita muscaria*. Une espèce hallucinogène dont les humains ne pensent jamais à se méfier, vu qu'elle sert depuis toujours de maison à leurs innocents amis les schtroumpfs.

Bref, Ricky était bien stone.

« Le messager qui m'a rendu visite m'a expliqué venir de Chine. Hiiiiii... Il chantait *Ne me quitte pas* avec tout son cœur et un fort accent.

— *La vache*.

— Il m'a dit qu'il voyageait sur les traces de Jacques Brel. Mais qu'il s'était perdu entre Vesoul et Vierzon. Hoooonnnn...

— *Ah oui là il s'est paumé, c'est le moins qu'on puisse dire*.

— Mais c'est pas grave, qu'il m'a sorti. Hiiii.... Parce qu'il paraît que Buddha a dit un jour : Il n'y a pas de chemin pour le bonheur. Le bonheur EST le chemin. Haaaaan la puissance putaiiiiiiinnn...

— *C'est les champis qui sont puissant oui*.

— Mais je crois qu'à moitié à son histoire tu sais.

— *Je t'ai déjà dit Éric, que la moitié parfois c'est déjà trop*.

— Je crois plutôt que c'est un ectoplasme ute...

— *Ute ?*

— Tu connais les Ute ? C'est une tribu indienne du Colorado. Tu comprends ? Haaaannn... »

Je comprenais surtout que quelques heures ne seraient pas de trop pour qu'il redescende de son cirrocumulus. Je l'ai donc laissé allongé au pied d'un arbre et suis parti prendre mon petit-déjeuner. Alors que je me délectais de ses bourgeons au sommet d'un charme, j'ai aperçu au loin la longue silhouette d'un homme qui chantonnait le *Vesoul* de Jacques Brel avec un accent effroyable !

Éric n'était visiblement pas le seul humanoïde sur cette terre qui mériterait d'être sauvé pour sa singularité.

XXV

L'expérience avait emballé Ricky. Suffisamment en tout cas pour qu'il en fasse une chanson.

« Tu connais *I feel good* de James Braun ? » qu'il

m'a demandé.

I feel Boudes
(Éric Alterstruff / James Brown)

« Avec le p'tit rouquin
Dans mon sac à dos
Le rêve américain
Passe par le Colorado

Refrain :
I feel good
In Boudes

Tsing-tsing-tsing-tsing-tsing-tsing-tsing
(Guimbarde)

La météo est piètre
Nothing new
Enfin, à part peut-être
Un air de biniou

Refrain :
I feel good
In Boudes

Tsing-tsing-tsing-tsing-tsing-tsing-tsing

L'rouquin s'est vite couché
Complètement bourré
Mais bon c'est pas de ma faute

Si l'Auvergne a des Côtes

Refrain :
I feel good
In Boudes

Tsing-tsing-tsing-tsing-tsing-tsing-tsing

Moi, le problème avec les champignons
C'est que je les confonds
Chinois Jacques Brel chanson
La grande confusion

Refrain :
I feel good
In Boudes

Tsing-tsing-tsing-tsing-tsing-tsing-tsing

Un chamane bouddhique
Un Indien d'Amérique
Le Colorado en un pique-nique
M'a rendu extatique »

XXVI

Quand on a quitté Boudes, il faut croire que les
effets des champignons ne s'étaient pas encore
complètement dissipés chez Ricky. Ils l'avaient
transformé en véritable moulin à paroles. Et après
l'avoir drogué, j'avais bien peur que les amanites
finissent par me soûler.

« Chuis sacrément content d'avoir visité le Colorado petit rouquin tu sais. C'est quand même là qu'est mort et enterré Buffalo Bill. Tu le connais le Buffalo ? Une légende le gars. Un chasseur de bisons hors pair. Un des créateurs du Pony Express aussi *(je lui ai fait une tête qu'on pouvait aisément traduire par « Qu'est-ce que c'est encore que ce machin ? »).* Tu connais pas non plus le Pony Express ? Bah c'est simple, imagine : tu prends des agents de La Poste et tu les fous sur des poneys. Cool hein ! Et puis Bilou il a terminé sa vie en se produisant dans des spectacles itinérants. Avec des reconstitutions, des canassons, des cow-boys et des Indiens, des PAN ! PAN ! et des YOUYOUYOUYOU ! Une légende j'te dis... À propos de Buffalo Bill, je vais t'apprendre un truc qui va te faire marrer. C'est que j'ai bossé pendant quinze ans dans un Buffalo Grill mon petit pote. Buffalo Bill / Buffalo Grill, t'as saisi le jeu de mots ? *(ça y est, il me reprend pour un mou du bulbe ! C'est bon moi aussi je peux en faire des jeux de mots des Bill...).* J'avais à peine vingt piges. Dès que j'ai appris qu'un resto ouvrait ses portes de saloon à Mulhouse, j'ai foncé. C'était le centième en plus ! L'inauguration était dingue. On a distribué des pin's à tour de bras. Un club de *square dance* de la Côte d'Azur avait même fait le déplacement pour l'occasion. Fallait voir ça ! *(Non merci).* Bon bref, j'y ai passé des années formidables là-bas. Les affiches de rodéos aux murs, les Stepson vissés sur la tête, les chemises à carreaux, les banquettes en skaï rouge, la bidoche grillée à tire-larigot ! C'est pas compliqué on se croyait dans le ranch des Irwing. Tu connais les Irwing ? J.R. et Tobby ça te dit rien ? *(Bien sûr que je connais, d'ailleurs c'est J.R. et Bobby AVEC UN B, et puis c'est EWING, pas Irwing. Me cherche pas Ricky, je te rappelle que je suis incollable sur le PAF).* J'y suis entré à la plonge et j'ai fini manager. Et puis j'ai eu envie de monter ma propre affaire. À l'américaine. « Just you do it » comme ils disent là-bas. C'est comme ça que le Sarrebowling a vu le jour. Mais je voulais qu'il ait vraiment de la gueule mon bowling. Alors j'y ai collé encore plus de néons que sur le toit du Buffalo Grill. Voilà, tu sais tout petit rouquin. Hé au fait je t'ai pas parlé de notre prochaine destination ? Tu vas voir ça ressemble au Wyoming. Tu connais le Wyoming ? ... »

XXVII

Ricky a donc commencé à me parler du Wyoming. Je me suis enfoui au fond de son sac U.S., histoire d'en entendre le moins possible. J'y aurais bien piqué un roupillon, au fond du sac. Mais malheureusement j'ai dû me résoudre à en sortir. Car si Ricky change régulièrement de slip, il ne lave jamais celui qu'il quitte. Autant dire que bon, voilà quoi... Du coup je courais à ses côtés, pendant que lui traçait la route avec ses grandes guibolles qui faisaient couic-couic.

Aucun train de fret de la SNCF ne permettait de rejoindre le Wyoming. C'est donc une centaine de kilomètres à pied qui nous attendaient. Et c'est pas rien de se farcir un exposé de cent bornes sur le Wyoming. On en avait fait presque quarante le premier jour, et à peine cinq le lendemain matin, quand une roulotte tirée par deux ânes s'est arrêtée après nous avoir dépassés. Après quelques amabilités d'usage, la petite famille qui l'occupait nous a gentiment proposé de nous embarquer. Ils allaient dans la même direction que nous.

« Bah dis-donc, c'est vachement couru le Wyoming ! » que je me suis dit.

La D585 se mérite, mais elle vaut le voyage. Les paysages qu'elle traverse sont à couper le souffle, et il faut bien reconnaître que notre train de sénateur nous laissait tout le loisir de les contempler. Éric discutait à l'avant de la roulotte avec les parents pendant que leurs deux gamins m'emmerdaient à l'arrière. Oh qu'il est mimi le cucureuil ! Et vas-y que je lui tire la queue, et vas-y que je lui fais des guili-guilis,... J'étais tombé sur les frères Relou. Je me suis quand même débrouillé pour leur laisser quelques puces en souvenir. Et pour finir, j'ai voyagé à dos d'âne.

Après que la drôle de famille nous eût déposés à proximité de notre but, je demandai du regard à Ricky de m'en apprendre un peu plus sur elle.

« Laisse tomber c'est des charlots, des chipsters en plein *burnout*. Ils avaient besoin de déconnecter une semaine avant de reprendre leur vie frénétique. Mais ils passent leur temps à poster des photos de leur voyage sur Instramgram ! Tu parles d'un retour aux sources. C'est dommage parce qu'a priori je trouvais que ce petit voyage en roulotte avait un parfum de conquête de l'Ouest. M'enfin... Le pire c'est qu'ils ont même pas eu l'honnêteté de reconnaître qu'en tant que chipsters, ils doivent tout aux Buffalo Grill, pour ce qui est des burgers et des chemises à carreaux. »

XXVIII

« Voilà petit rouquin, on y est ! Le Wyoming ! »
s'est exclamé Ricky en bombant le torse. Ça m'a paru
étrange, car sur le panneau qu'il pointait du doigt était
plus prosaïquement inscrit « Bienvenue en Lozère ».
Et il est reparti de plus belle sur le Wyoming. Son
nom d'origine amérindienne qui signifie « lieu de la
grande plaine ». Son surnom de « cow-boy state ». Sa
capitale — Cheyenne — qui dépasse à peine les
soixante-mille habitants. Sa densité démographique
dérisoire en général. Et son drapeau ! Ah mes aïeux
ce qu'il a pu me fatiguer avec son drapeau du
Wyoming ! Tout ça parce qu'il représente une
silhouette de bison. Un castor encore, j'aurais pu
comprendre, mais un bison...

Et en matière de bison, j'allais pas être déçu. La
troisième halte de nos pérégrinations étant la Réserve
de bisons d'Europe de Sainte-Eulalie. Des bisons et
un village de quarante-quatre habitants : je
commençais moi aussi à faire le rapprochement avec
le Wyoming. Nul doute que si un village du « cow-
boy state » devait être jumelé avec un patelin français,
icelui serait lozérien.

« J'ai un plan, m'a inquiété Ricky. On va entrer
dans le parc comme des touristes lambdas, mais on va
se laisser enfermer le soir venu. Comme ça on pourra
vivre une vraie belle expérience sauvage. À fond les
ballons. »

J'ai eu un éclair de lucidité : qu'est-ce qui m'avait
pris de suivre un type pareil ?

Arrivés à l'entrée de la réserve, la caissière nous

regarda bizarrement depuis sa cahute. Un clodo à franges pas fute-fute affublé d'un rongeur rikiki qui souriait de toutes ses dents pour faire bonne figure. En fait de touristes lambdas, on était plus proches du bêta et de l'omicron.

« Il est mineur le poilu ? demanda la dame.
— Euh oui...
— O.K. c'est gratuit pour lui. Donc ça fera une entrée adulte. Six euros s'il vous plaît.
— Et le petit déjeuner est compris ?
— Pardon ?
— Non rien. »

Il faisait froid, moche, on était en semaine et hors vacances scolaires. Bref, on avait deux-cents hectares pour nous tous seuls. Enfin presque. Ce serait oublier les dizaines de bisons qui nous regardaient de travers.

XXIX

Soyons clair. À mes yeux le bison n'était rien d'autre qu'une vache qu'un malencontreux bug hormonal aurait dotée d'une épaisse toison.

Ce n'était évidemment pas l'opinion de Ricky, dont l' « enfance a été bercée par Eddy Mitchell » (Je ne comprenais pas. Parallèlement à sa carrière de rocker, Eddy Mitchell exerça-t-il la profession de nounou ?). « *La Dernière Séance*, ça c'était de la téloche petit rouquin ! Des westerns en pagaille. Le far west à foison. Des bisons plein les mirettes. »

Oui oui oui bien sûr ! *La Dernière Séance*, où avais-je la tête ? Avec aussi les vieilles actualités en noir et blanc et les dessins animés de Tex Avery : Droopy, Bugs Bunny, et cet écureuil hystéro qui décrédibilisa définitivement le sérieux que mes congénères et moi-même faisons pourtant mine d'afficher depuis toujours devant les badauds du monde entier. Thanx Tex.

En suivant un parcours protégé, on pouvait traverser une partie de la réserve à pied. On pouvait aussi aisément s'échapper dudit parcours, et connaître l'ivresse du danger. Oui, du danger. Car de plus près, les bisons n'avaient plus rien des inoffensives vaches auxquelles je les croyais comparables. Certains peuvent afficher deux mètres au garrot et plus d'une tonne sur la balance. Avec une paire de cornes pas piquée des hannetons. Me devinant inquiet, Éric tenta bien de me rassurer. Il m'expliqua que si le comportement du bison était réputé imprévisible, ses charges meurtrières restaient exceptionnelles.

« C'est comme les avions de ligne. Quand ils s'écrasent t'as zéro chance. Mais bon c'est rare. »

Un fin psychologue, mon Ricky.

Éric et moi, réfugié dans son sac U.S., avons donc prudemment longé la prairie où paissaient les mastodontes, pour gagner un bosquet plus sécurisant.

Et puis les portes du parc ont fermé. Un gardien a vaguement vérifié que tout le monde avait quitté la réserve, mais dans la mesure où il pensait qu'aucun visiteur n'y était entré de la journée, c'était tout bon pour nous.

XXX

Ce soir-là, nous décidâmes de ne pas faire de feu pour ne pas attirer l'attention des bisons que nous observions à travers les fourrés « tels des Brownies » (Éric voulait vraisemblablement mentionner les Indiens Pawnees). C'est fâcheux, car le bocal de tripes piqué plus tôt sur un marché aurait sans doute mérité d'être consommé chaud. Enfin bon.

Comme à un enfant à qui on raconte une histoire avant de dormir, Ricky me détailla ensuite l'incroyable destin des bisons d'Amérique du Nord. À voix basse bien entendu, toujours par souci de discrétion vis à vis des monstres cornus. D'autant plus qu'ils auraient pu se vexer à l'idée que l'histoire de leurs cousins d'Amérique nous semble plus intéressante que la leur, en Europe.

« On estime qu'il y avait soixante-millions de bisons en Amérique du Nord au début du XIXe siècle. Y en avait partout. Du Mexique au Canada. Soixante-millions, petit rouquin ! Les Indiens s'en servaient pour tout, des bisons — un peu comme nous avec le bicarbonade de sourde. Ils mangeaient leur chair, s'habillaient et couvraient leurs tipis de leurs peaux, fabriquaient des outils avec leurs os, utilisaient leurs tendons pour tendre leurs arcs, et se chauffaient même en brûlant leurs bouses séchées. Et puis les Blancs se sont mis à les chasser aussi ces malheureuses bêtes, au fusil. Pour leur viande et leur peau, eux aussi. Mais également pour déplacer et fragiliser les tribus indiennes qui dépendaient exclusivement de l'animal. C'est moche hein. Bah ouais, c'était pas un enfant de chœur finalement, le Buffalo Bill... Tant et si bien qu'à la fin du siècle, il en restait moins de cinq-cents, des bisons. Pas cinq-cent-milles hein, cinq-cents unités ! En une quarantaine d'années, l'homme en avait dézingué soixante-millions ! La plus grande tuerie d'animaux sauvages que cette planète ait jamais connue. La légende raconte qu'on pouvait traverser les États-Unis d'est en ouest sans jamais poser le pied par terre. Rien qu'en marchant sur les squelettes éparpillés ! En 1894, consciente de l'extinction imminente de l'espèce, l'administration amerloque décide in extremis d'en interdire la chasse. Avec le recours aux troupeaux appartenant à des ranchs privés, la tendance s'est peu à peu inversée. La population atteint aujourd'hui environ cinq-cent-milles têtes. On n'est pas passé loin de la catastrophe. L'Homme peut être sacrément con tu sais ! »

Oui, je crois que je suis au courant. Et ne le prends pas que pour toi Éric, hein. Mais c'est vrai que nous autres écureuils — attention je ne dis pas qu'on est parfaits non plus, parfois on saccage un peu les forêts par exemple — on existe depuis grosso modo trois millions d'années en Europe, et depuis deux-cent-mille ans que l'homme moderne est apparu, on hallucine. On ne cesse de se pincer. Et ça fait mal. Et le plus triste dans tout ça, c'est de nous dire que l'Homme descend probablement de ce curieux proto-primate appelé purgatorius qui nous ressemble comme deux gouttes d'eau. M'enfin...

Après ça, je suis monté me coucher. Sublime sapin pectiné, dernier étage, deuxième branche à droite, vue imprenable. J'ai recouvert mon corps roulé en boule de ma queue-édredon. Ricky s'est pour sa part pelotonné dans son sac de couchage au pied d'un hêtre. La réserve était tout de même située à mille-quatre-cents mètres d'altitude.

Je repensais au sort de ces pauvres bisons

d'Amérique. Et puis la nuit s'est mise à tomber. Le froid aussi. Et la pluie, pareil. Une épouvantable odeur de chien mouillé s'est alors répandue dans l'air. Mais pas un clebs à l'horizon. Que des bisons poilus. O.K. c'est bon. J'avais compris.

XXXI

C'est par des picotements dans les narines que j'ai été réveillé le lendemain matin. Les effluves de toisons mouillées n'avaient pas disparu. Au contraire même, elles avaient amplifié. Et pour cause : les bisons s'étaient réfugiés dans notre bosquet, aux pieds mêmes de nos arbres ! Pour se protéger de la pluie probablement. Du regard, je cherchais Ricky là où il s'était couché la veille, mais ne le trouvais pas.

« Pssst... Pssst... ! Petit rouquin !

— *Ah t'es là !? Ça va ? T'as pas le vertige ?*

— Tu devineras jamais. Ces cons de bovidés ont débarqué au milieu de la nuit !

— *Tu devineras jamais : j'avais deviné.*

— Du coup j'ai grimpé comme j'ai pu dans mon arbre. Punaise, c'est un métier hein !

— *Plus que ça Éric, c'est une condition de survie. La preuve.*

— Comment qu'on va faire pour descendre de là ?

— *J'allais te poser la même question, à l'aide de mon regard interrogatif.*

— En plus je suis trempé et j'ai le vertige.

— *Hé hé ! Le retour de la poule mouillée !* »

L'heure avançait, contrairement aux bisons qui refusaient de bouger. Éric a bien essayé de les faire décamper en jouant de la guimbarde, mais c'est l'inverse qui s'est produit : de nouveaux golgoths approchaient à mesure que le bazar vibrait. Et c'est bientôt une cinquantaine de bisons qui nous lançaient des regards torves depuis le plancher des vaches. Un cauchemar.

« Ça m'étonne pas, l'instrument de musique leur est familier. Il leur rappelle les westerns, la grande plaine yankee, la terre nourricière... qu'il m'a alors sorti.

— *T'es complètement fumé*, que je lui ai répondu dans ma tête. *En plus ces bisons-là sont européens, pour rappel. Tout ce qu'ils connaissent des États-Unis, c'est les M&M's que leur balancent de temps à autre des gamins qui visitent la réserve.* »

On a finalement attendu que le parc ouvre pour héler le gardien.

« Qui m'appelle ?

— Moi ! Je suis avec mon cochon d'Inde dans les arbres et y a des bisons partout !

— Mais qu'est-ce que vous foutez là-haut ?

— C'est à cause du rêve américain ! »

Un employé de la réserve se plaça alors à l'opposé de la prairie avec un antique ghetto blaster dont il fit s'échapper une sonate de Chopin. Aussitôt les bisons quittèrent notre bosquet et galopèrent vers la musique, comme aimantés par elle. Les notes de piano du compositeur polonais avaient un effet plus immédiat encore que la guimbarde.

Bah oui, je lui avais bien dit à Ricky qu'ils étaient européens ces bisons.

La voie était libre. Nous descendîmes, détalâmes, et enjambâmes le grillage pour rejoindre le parcours protégé avant que bim ! Bam ! Bam ! le gardien n'assène quelques coups de godasse bien sentis aux fesses d'Éric. Après Francky — le pilote du side-car de la R.N. 66 —c'était déjà la deuxième fois. Dans un élan contagieux, moi aussi j'y suis allé de mon petit coup de pied.

« *Tiens Éric, ça c'est de la part du cochon d'Inde.* »

XXXII

On a marché un bon bout de temps avant de rejoindre un nouveau convoi de marchandises. Visiblement encore vexé de s'être fait botter le train, Éric n'était pas d'humeur à écrire une chansonnette. Du coup je m'y suis essayé. Je dois admettre être assez fier du résultat. Il s'inscrit parfaitement dans la piètre lignée des propres compositions d'Éric. Et si ce dernier n'apprécie le résultat qu'à moitié le jour où il lira ce bouquin, tant pis. Il n'avait qu'à les écrire lui-même ces paroles après tout. Et puis tiens, il pourra les coller sur la musique de son choix. Un truc du Boss peut-être ?

Horns in the USA
(Petit Rouquin / Bruce Springsteen)

« Je pense à Buffalo Bill
Réincarné en restaurant-grill
Un genre de steakhouse
Dans la banlieue de Mulhouse

Refrain :
Oublions le bowling
Place au Wyoming
Vivons comme les Ewing
En version camping

(Répit pour les tympans : pas de guimbarde sur ce titre)

Une balade en roulotte
Des gamins qu'ont la bougeotte
J'serais mieux dans une grotte
Et si je leur filais une calotte ?

Refrain :
Oublions le bowling
Place au Wyoming
Vivons comme les Ewing
En version camping

Les bisons c'est pas aimable
Et pourtant c'est vulnérable
Il leur faut une réserve
Et puis le grand air ça conserve

Refrain :
Oublions le bowling
Place au Wyoming
Vivons comme les Ewing
En version camping

Beurk les bisons ça schlingue
Vraiment un truc de dingue

Pourtant c'est nous, les pieds nickelés,
Qu'étions pas en odeur de sainteté »

XXXIII

Éric gardait secrète l'identité du prochain État que nous allions visiter. Car oui, il ne disait plus région, ou département, mais bien « État ». Il ne se contentait plus de faire semblant de traverser les « Stetz » le Ricky, il les traversait VRAIMENT. C'est là que j'ai compris qu'il était zinzin. Franchement « nut » même comme disent les Américains. Noisette quoi. C'est peut-être pour ça que je l'appréciais de plus en plus.

Et puis il s'est mis à me parler de sa femme. Leur rencontre. Le charme de la découverte de l'autre. Et de ses petits défauts.

« Elle n'avait pas toujours très bon goût tu sais, petit rouquin. La preuve, elle m'avait choisi... » qu'il me confia en souriant avant d'enchaîner les confidences.

« T'es beau, qu'elle me sortait souvent. T'es myope, que je lui rappelais à chaque fois. »

Il y avait du trouble dans ses yeux, la tristounetterie était palpable.

« On s'est mariés à Nancy, qu'il continua. Elle était originaire de là-bas. Ça me plaisait bien, cette idée de m'unir à Nancy. Il y avait un côté Ronald Reagan. Et puis deux ans après, Liberty est née. Et c'est là que ça a commencé à partir en pistache. De la liberté justement, j'en avais plus du tout. Les compètes de bowling, aller boire un coup avec les potos, ou acheter une nouvelle scie sauteuse, j'avais plus le droit de rien faire. Le schéma classique, d'une banalité affligeante. Elle me préparait même un emploi du temps avec les tâches que j'avais à accomplir ! Du coup elle me rappelait toujours l'heure qu'il était. "Il est 7 heures Éric... Il est 18 heures 30 Éric..." J'avais l'impression d'avoir épousé l'horloge parlante. Et quand elle fatiguait la salade, je ressentais de l'empathie pour elle. Pas pour mon ex hein, pour la salade. Je ressentais tellement ce que cette pauvre batavia pouvait endurer à ce moment-là. Je voudrais pas avoir l'air misogyne, mais parfois je trouve que c'est pas évident les femmes tu sais. Et quand je suis retourné vivre chez ma mère, je l'ai encore vérifié... »

C'était mon tour d'être tristounet. C'est que moi aussi j'avais eu des expériences sentimentales douloureuses avec les femmes. Les femmes écureuils j'entends. Attention ! L'humanophilie c'est pas mon truc, bande de pervers !

Il faut que je vous explique. Chez nous autres *Sciurus vulgaris*, l'organisation sociale est fondée sur une hiérarchie de dominance entre mâles et femelles d'une part, et entre individus de même sexe d'autre part. Résultat : les gros bras et les belles gosses roucoulent de leur côté, pendant que les « seconde catégorie » dont je fais malheureusement partie se contentent de baisouiller entre vilains. Sauf de très rares fois où MIRACLE ! une « première catégorie » se laisse séduire pour une raison qui vous échappe complètement. C'est là que ça fait mal. Quand vous tombez amoureux de la belle, fatalement. Mais pas elle, évidemment. De toute façon, comme je l'ai déjà mentionné, la notion de couple n'existant pas chez nous, vous l'avez dans l'os. Il ne vous reste alors que vos yeux pour pleurer, et votre cœur pour saigner. La vie est cruelle pour les rares écureuils sentimentaux comme moi. Au moins chez vous Éric, l'amour est possible. Pas forcément éternel certes, mais en tout cas envisageable.

Voilà, le grand déballage de ma vie privée est terminé. Merci bien pour mon amour propre. Je vous prierai d'avoir la décence de tout oublier. Et si vous avez un briquet sous la main, vous êtes même autorisés à brûler les deux dernières pages.

« Be my quest » comme dirait Ricky.

XXXIV

Nous avons pour la première fois emprunté le corridor *Méditerranée*.

« Attention petit rouquin, rien à voir avec le *Mer du Nord-Méditerranée* ! » m'a précisé un Ricky lui-même pas très sûr de son assertion.

Ce qui est certain, c'est que le convoi se dirigeait vers le sud, en provenance de l'est. Et l'est, c'était l'Italie, le Piémont, ses châtaignes et ses noisettes. Et un plein wagon rempli de ces trésors nous avait ouvert ses portes (avec un petit coup de pouce du couteau suisse d'Éric) ! Un wagon tombé du ciel. Un wagon divin. Un wagon qui méritait bien un cantique.

« Gloire à toi,
Ô Dieu des wagons gorgés de fruits à coques.
Une nouvelle religion est née à ta majesté. Celle des écureuils du monde entier, sans exception ni

discrimination, les roux, les gris, les beaux et les moches.

Nous sommes tous tes humbles serviteurs.

Nous te vouons un culte éternel et nous transmettrons ta bonne parole en faisant « tchou-tchou ».

Youpi.

Miam-miam.

Amen. »

Mon Dieu, jamais je n'aurais souhaité quitter ce wagon. Mais Éric usa d'une ruse particulièrement fourbe : il referma brutalement le carton de noisettes dans lequel je terminais mon indigestion avant de le prendre sous le bras et de sauter du train. Une fois encore, la cascade fut brutale et le ballast piquant. Et pire que tout, le carton avait éclaté comme un kaki mûr. Étalé sur le sol, j'avais devant moi la vision la plus apocalyptique qui soit. Des pléiades de noisettes piémontaises grillées répandues sur des dizaines de mètres de vulgaires cailloux. J'en ai ramassé et stocké autant que j'ai pu. Dans le sac U.S. d'Éric, dans les poches de son jean, de sa veste, partout.

« Pourquoi t'en mets pas dans tes joues aussi ? » qu'il s'est étonné.

Ah oui tiens, il ne m'avait encore jamais pris pour un hamster.

On a rejoint une autre ligne de chemin de fer où un train de marchandises nous attendait sans le savoir. Il nous a conduit jusqu'à Manosque où il a eu la riche idée de s'arrêter. C'était quand même plus pratique pour descendre.

« Bienvenue dans le Colorado petit rouquin ! »

Encore !? Ma parole il perd vraiment la boule, le grand dadais.

XXXV

Clap ! Colorado, deuxième !

Pour une fois Éric ne s'était pas trompé. Aussi surprenant que cela puisse paraître, on était bien de retour dans le Colorado. Car non content de proposer un Colorado auvergnat, figurez-vous que notre doux pays héberge également le Colorado provençal. Les mêmes obscures circonstances climatiques et géologiques avaient produit les mêmes paysages ocre, les mêmes cheminées de fée et les mêmes cirques. À quelque trois-cents kilomètres de distance.

Mais alors pourquoi s'infliger cette impression de déjà vu ? À quoi bon s'imposer une rediffusion ? fis-je mine de demander à Ricky.

« J'ai souvent entendu dire que le Colorado a un inéluctable goût de reviens-y, petit rouquin. Du coup j'ai anticipé le truc avec la visite de deux Colorado successifs. Pas con hein ?

— *Je ne répondrai qu'en présence de mon avocat.*

— En revanche j'aimerais autant que faire se peut éviter les abus du premier épisode : le vin, la cueillette des champignons hallucinogènes, l'expérience chamanique et compagnie. Tu te rappelles ?

— *Bien sûr que je m'en souviens, mais je suis étonné que TOI tu t'en souviennes.*

— Cette fois on va même expérimenter une forme d'ascèse par le jeûne. Il paraît que ça met tous les sens en éveil. On va privilégier la contemplation, la méditation, l'élévation de la pensée...

— *Le jeûne, c'est pas ce truc débile qui consiste à ne rien avaler !??*

— Du coup pour éviter toute tentation, j'ai déjà planqué toute la bouffe.

— *Ah si c'est ça. Misère...* »

Vingt-quatre heures sans becqueter. Autant dire que je me suis enquiquiné comme jamais. Pendant ce temps-là, Éric se pâmait devant la palette d'ocres que proposait le site. Le pire, c'est que cette soi-disant palette évoluait avec la course du soleil dans le ciel — au passage, j'aimerais qu'on m'explique pourquoi on parle de la « course » du soleil, alors que cette grosse naine jaune se déplace à deux à l'heure. Sans blague.

J'avais bien envisagé une sieste pour faire passer l'après-midi plus rapidement, mais impossible avec un ventre qui crie famine (chez nous autres écureuils, un illustre ancien a même théorisé la chose dans un ouvrage de référence, intitulé *De l'incompatibilité des borborygmes et du roupillon*. Mais vous le trouverez difficilement).

Pffff... C'est long, l'ennui.

XXXVI

Il faut croire que j'ai tout de même fini par fermer l'œil, dans la mesure où je l'ai rouvert. La nuit était même passée.

« Dis-donc t'as sacrément dormi petit rouquin ! Une vraie marmotte dis donc !

— *Premièrement je ne suis pas une marmotte ! Ni aucun autre rongeur, une bonne fois pour toutes ! Tu sais, l'à-peu-prisme a ses limites Éric. Un peu floues sans doute, mais quand même ! Et deuxièmement je ne pense pas avoir dormi. Je crois plutôt être tombé dans les pommes à cause de ton idée de jeûne à la mords-moi-le-nœud.*

— Bah moi je me suis levé dès poltron-minet tu vois.

— *Tatata... on dit pas « poltron » Ricky, mais potron. Ça veut dire « le postérieur ». Potron-minet c'est donc l'heure à laquelle le chat déguerpit pour la journée, la queue en l'air, exhibant ainsi son séant. Vu ? Et au passage, figure-toi qu'à l'origine on disait « potron-jacquet ». Tu sais ce que c'est un jacquet ? Nan ? Eh bah t'en as un devant toi ma bonne dame. C'est un ancien mot qui désigne un écureuil vois-tu. À croire que mes perfides aïeux étaient matinaux, sacrelotte !*

— Pourquoi tu me montres ton troufignon petit rouquin ?? T'es complètement tordu mon pauvre vieux... Bon, tu dois avoir la grosse balle nan ? Tiens, regarde ce que j'ai dégoté dans mon slip ce matin après m'être changé : j'avais des noisettes supplémentaires, hin hin. »

J'avais trop faim pour faire la fine bouche. Et même si les noisettes piémontaises avaient un fumet inhabituel, je les ai dévorées en moins de deux. Avant de m'attaquer à celles qui remplissaient le sac U.S.

« Et puis je me suis remis à la chanson petit rouquin. Écoute un peu, ça va t'occuper pendant que tu te réalimentes. »

Comme si manger n'était pas une occupation à part entière. N'importe quoi.

Sweet Home Colorado
(Éric Alterstruff / Lynyrd Skynyrd)

« Colorado mon doux, mon tout
Nous en avons de la chance
Colorado tu es partout
En Auvergne comme en Provence

Refrain :
Colorado avec quelques années de moins
Tu gagnerais tous les concours de Miss
Colorado tu n'es jamais loin
Pour peu que l'on te bisse (bis)

Tsoing-tsooooooing (le retour de l'instrument maudit !)

Colorado j'aime tes cheminées de fées
Elles me font beaucoup d'effet
Colorado j'aime tes ocres
Et pardon pour les rimes médiocres

Refrain :
Colorado avec quelques années de moins
Tu gagnerais tous les concours de Miss
Colorado tu n'es jamais loin
Pour peu que l'on te bisse (bis)

Tsoing-tsoooooooing

Colorado seulement pour toi
Je peux me priver de repas

Colorado je pourrais illico
Me noyer dans tes « o »

Refrain :
Colorado avec quelques années de moins
Tu gagnerais tous les concours de Miss
Colorado tu n'es jamais loin
Pour peu que l'on te bisse (bis)

Tsoing-tsoooooing

Colorado j'aime ta terre
Tu peux en être sacrément fier
Colorado pour être sincère
Tu mériterais même un ter (ter) »

XXXVII

Sans m'en dire plus, Éric m'a expliqué qu'il nous fallait regagner Avignon. Ce que nous fîmes. Et là, pas de bol, on a sauté du train juste devant une paire de gendarmes. Adossés à leur voiture garée sur le bord de la route, ils guettaient les excès de vitesse. Les deux agents se sont approchés de nous. Vous connaissez le principe ? Le plus gros des deux gonfle le torse avant de vous sortir avec une voix grave et un fort accent du sud un savoureux :

« Bonjour Monsieur, vos papiers s'il vous plaît... »

Éric a esquissé un sourire en présentant sa carte d'identité à l'adjudant galabruesque.

« Monsieur Éric Alteureschtrouffe, c'est bien ça ?

— Parfaitement Monsieur l'agent.

— C'est pas de chez nous ça...

— Euh non...

— On va faire une petite vérification. Philippe, appelle le PC s'il te plaît. »

Le Maréchal des logis Philippe Chesnaud a donc transmis l'identité d'Éric au PC par radio. En épelant avec soin. Après une longue minute, le PC lui a répondu un grésillant charabia, qu'il a répété à l'oreille de son adjudant. Lequel s'est tourné vers Éric.

« Monsieur Alteureschtrouffe ! Savez-vous que vous êtes inscrit dans le fichier des personnes recherchées ? »

Éric s'est instantanément représenté son visage imprimé sur une affichette jaunie barrée de la mention « WANTED - $$$ - DEAD OR ALIVE ». Il a blêmi. Et puis il est tombé dans les pommes, comme une crotte. L'adjudant Galabru s'est empressé de lui filer des bonnes claques de militaire. Moi aussi du coup. Et puis j'y suis allé de bon cœur ! Tout ça sous les yeux du Maréchal des logis Chesnaud, qui se demandait s'il n'avait pas la berlue.

Éric a progressivement repris connaissance. Et l'adjudant Galabru a voulu se montrer rassurant. Même si son accent le faisait définitivement passer pour un clown.

« Pas de panique Monsieur Alteureschtrouffe ! Vous n'avez commis aucun crime, ni aucun délit. Vous êtes simplement recherché pour "disparition inquiétante".

— Ah ? ...

— Oui. Un de vos proches a signalé votre disparition auprès de la Gendarmerie Nationale.

— Ah ? Qui ?

— Je n'ai pas l'information. Quelqu'un en Moselle

visiblement. Nous avons l'obligation d'informer cette personne que nous vous avons retrouvé, et que vous êtes en bonne santé.

— Ah bon ? Vous me trouvez en bonne santé ?

— Euh... mouais à peu près. En tout cas pour nous l'affaire est close Monsieur Alteureschtrouffe.

— Vous m'en voyez ravi Monsieur l'agent.

— Par ailleurs, si vous le souhaitez, et seulement si vous le souhaitez, nous pouvons communiquer à cette même personne davantage d'informations vous concernant : l'endroit où vous vivez désormais, ce que vous devenez, etcætera.

— Euh... c'est gentil mais non, surtout pas. »

Ricky n'imaginait pas une seule seconde son entourage rassuré à l'idée qu'il zone aux abords d'Avignon à l'approche du festival du même nom, avec des vieilles fringues dégueulasses et un écureuil cintré. « Mon Dieu... se serait-on exclamé. Le v'là intermittent du spectacle ! »

« Une dernière chose Monsieur Alteureschtrouffe. Nous pouvons également transmettre un message à l'intéressé(e) si vous le désirez.

— O.K. Mettez juste : ARRÊTEZ DE ME FAIRE CHIER !

— Je note. »

XXXVIII

Alors comme ça, pas moyen de disparaître tranquille ! Impossible de s'évanouir dans la nature sans qu'on essaie de vous remettre le grappin dessus ! Tout de même, votre monde d'humains est à peine croyable. Votre système liberticide vous perdra, c'est moi qui vous le dis.

De son côté, Ricky se demandait qui fichtre pouvait bien s'inquiéter de sa disparition au point d'aller en informer les autorités !

Sa mère ? Certainement pas. Elle devait au contraire se réjouir ouvertement que son demeuré de fils ait mis les bouts pour de bon.

Son ex ? Impossible. Et puis sa pension alimentaire lui était automatiquement virée sur son compte bancaire au début de chaque mois.

Son comptable ? Peu probable. De tous ses clients, Sarrebowling devait être l'un des moins déficitaires.

Liberty ? Pourquoi diable se soucierait-elle soudain de son paternel ?

Judy !?

« Voilà, se dit Ricky, ça doit être Judy ! La chambre froide du bowling a dû lâcher. Ou un truc dans le genre. Ou alors elle a besoin de mon renfort pour se faire un peu mieux respecter des piliers de bar et leurs mains baladeuses. À moins que... à moins que... je lui manque, tout simplement. C'est qu'elle a toujours eu un comportement ambigu avec moi. Et l'insistance avec laquelle elle me regarde de ses yeux de biche parfois... Ha ha ! Cette gamine est amoureuse de son boss, voilà tout. Ça crève les cieux ! »

Et moi ? Moi, le petit rouquin ? pensais-je. Y a-t-il ne serait-ce qu'une seule écureuille à qui je manque dans une quelconque forêt des environs de Colmar ?

XXXIX

Dans le train de marchandises qui s'éloignait d'Avignon en direction du sud, je ne pouvais m'empêcher de repenser à Judy qui s'était préoccupée du sort d'Éric. Ça me touchait. Il existait donc visiblement un petit paquet d'humains attentifs aux autres. Je n'aurais jamais imaginé ça avant ma rencontre fortuite avec Ricky. Les *homo sapiens* qu'il m'avait été donné d'observer jusque là dans ma forêt natale ressemblaient tous à de fieffés tarés. Et le moins que l'on puisse dire, c'est que la bienveillance n'est pas leur qualité première.

Il y a d'abord les chasseurs, qui tirent sur tout ce qui bouge. Oups ! Et tant pis si ce qui bouge est un des leurs (on parlera alors d'un « malheureux accident de chasse »).

Il y a les fornicateurs : des couples souvent illégitimes, hétérosexuels comme homosexuels, avec des relations parfois tarifées. Se croyant seuls au monde, ils hurlent leur plaisir à grands coups de décibels. Sans réaliser qu'à deux heures de l'après-midi, ils empêchent les trois-quarts des animaux de la forêt de dormir. Parce que oui, pour information, soixante-quinze pourcents des bestioles des bois sont nocturnes. Pensez-y la prochaine fois que vous ferez des galipettes sur un lit d'humus (attention, je n'ai pas dit « lit de houmous », la sitophilie a des limites). À chaque coup de rein, c'est un hibou ou un lombric que vous réveillez.

Il y a aussi les sportifs. Ah les sportifs ! Des bipèdes fiers de s'épuiser. Qui traversent la forêt en courant, pédalant, ahanant, transpirant, et surtout, surtout, en portant des vêtements aussi spécialisés que bariolés. Avec du fluo. Beaucoup de fluo. Une agression ophtalmique que ces gens-là !

Il y a enfin le fou. Le sadique. Le pervers. J'en ai vu un opérer, une fois. Il n'était pas bien grand et pas bien beau. Une paupière tombante fermait presqu'entièrement son œil droit. J'ai appris récemment qu'il s'appelait Jean-Pierre Weber, grâce à Ricky, un jour qu'il m'a raconté un fait divers, une sordide affaire criminelle. J'ai immédiatement reconnu le bonhomme à la description qu'il m'en a faite. Ce Jean-Pierre Weber, il paraît qu'il a fait les gros titres des journaux il y a quelques années. Il était soupçonné d'avoir sauvagement tué deux jeunes femmes dans l'est de la France. Après son arrestation, il était parvenu à s'évader. Et puis il s'était planqué dans une forêt (il connaissait ça sur le bout des doigts le monde de la forêt, vu qu'il avait été garde forestier dans un domaine privé). Là, traqué, il avait nargué les forces de l'ordre pendant des semaines entières, avant de finalement se faire de nouveau arrêter, et de se suicider en prison. Eh bien ce Jean-Pierre Weber — ce « BSK des bois » comme le surnomme Ricky à cause de sa paupière fatiguée qui lui rappelait un homme politique lui aussi impliqué dans une histoire infecte — ce Jean-Pierre Weber donc, je l'ai vu de mes yeux vu. Je n'avais même pas deux ans, et lui n'avait pas encore assassiné ces deux jeunes femmes. Mais déjà le sang coulait sur ses mains. Et pas n'importe quel sang : le sang des miens, le sang des écureuils…

Comme je l'ai furtivement évoqué plus tôt, nous

autres avons la mauvaise réputation d'abîmer les arbres — oui et bah c'est comme ça, la croissance ininterrompue de nos dents ne nous laisse pas trop le choix. Il nous faut donc régulièrement les user sur des troncs, qui se trouvent alors il est vrai sérieusement entaillés. Et ça, il détestait Jean-Pierre Weber. C'est pour ça qu'il voulait tous nous exterminer, les uns après les autres. Ce fumier œuvrait avec un poison inodore des plus violents dont il imbibait les pommes de pins. J'ai vu ainsi une bonne dizaine de mes congénères mourir dans d'atroces souffrances.

Voilà, j'espère que vous comprenez maintenant pourquoi je m'en méfiais comme de la peste des humains, avant de croiser la route de Ricky.

XL

Désolé hein, j'ai un peu ruiné l'ambiance avec le massacre des écureuils.

PASSONS À AUTRE CHOSE.

Des choses réjouissantes tant qu'à faire. Par exemple, figurez-vous que notre joli petit train de marchandises du moment qui filait vers Arles regorgeait de nougat de Montélimar. Oh peuchère, qu'est ce que c'est bon ce machin-là !

J'en avais encore plein les gencives quand Ricky m'a soulevé par la queue pour me glisser dans son sac U.S avant HOP ! de sauter du train et BAM ! de se rétamer une énième fois sur le ballast.

Les rayons du soleil commençaient à se faire bien sentir. Après dix minutes de marche plein sud, Ricky s'est arrêté, a campé ses longues jambes arquées dans le sable, et a fièrement posé ses mains sur les hanches.

« Here we are, little rookmoot !

— *Houla. V'là-t'y pas qu'il se met à me causer ricain le Ricky !*

— Welcome to Texas !

— *... ?*

— Home of the cow-boys. Yeehaaaa !

— *My God... »*

Je comprenais pas bien. Tout ce que j'avais devant les yeux, c'était une végétation folâtre et des étendues d'eau dans lesquelles étaient plantés des flamands roses. La déco tenait plus de la Floride que du Texas. Un cheval sauvage blanc nous est alors passé sous le nez en galopant à travers les herbes folles, sur fond de ciel orangé. Wow ! Le nougat était-il denrée hallucinogène ? J'ai levé la tête vers l'ami ricain, qui a perçu mon trouble.

« Regarde au loin, petit rouquin !

— *Ah tiens il reparle français, c'est déjà ça.*

— Tu vois ces taches sombres ?

— *Euh non, la seule tache que je vois dans les parages, c'est celle qui porte une veste à franges juste à côté de moi.*

— Ce sont des taureaux, little rookmoot.

— *Bon ça suffit Ricky, faut choisir une langue et s'y tenir maintenant !*

— Et tu vois les taches claires autour des taches sombres ?

— *Bah non je vois rien moi avec toutes ces herbes hautes à la gomme ! Attends je grimpe sur ton épaule. Piiiit piiit piiit ! Aaaah okay, ouaich', je vois.*

— Et bien ces taches blanches, ce sont les chevaux sur lesquels sont perchés ces cow-boys qu'on appelle ici des gardians.

— *T'en as appris des choses chez Buffalo Grill*

quand même !
— Bienvenue en Camargue petit rouquin !
— *Tu veux dire au Texas plutôt ? Yeehaaaa ! »*

XLI

Il devait être environ onze heures. Nous nous sommes approchés des taches sombres et des taches claires. De plus près, les taches sombres portaient tout de même de solides petites paires de cornes. Je me cramponnais à la chemise d'Éric qui, bravache, faisait mine d'avoir oublié l'épisode des bisons. Il s'est adressé dans un anglais de far west à l'un des hommes qui chevauchait une tache blanche. Autant dire que le gardian n'y comprenait que couic. Ricky a aussitôt rebasculé sur la langue de Jean-Baptiste Gobelin. Ce qui arrangeait bien José (oui, le gars s'appelait José). Éric lui a posé une foule de questions sur sa vie de cow-boy. Il était sympa ce José, mais je crois qu'il avait autre chose à faire que répondre au quizz du grand dadais.

« Écoute grand, qu'il lui a sorti. Je veux bien être gentil, mais là j'ai autre chose à faire que répondre à tes questions *(c'est bien ce qu'il me semblait)*. On est sur le point de faire une ferrade vois-tu. Alors éloigne-toi un peu avec ton marcassin *(purée, lui aussi il s'y met !?)*. Profitez du spectacle. Et après si tu veux, tu nous accompagneras au mas. Et là je te raconterai tout ce que tu voudras autour d'un bon banquet. D'accord ? »

Éric a hoché la tête de haut en bas avec des yeux de gamin, avant de reculer d'une bonne centaine de mètres.

Les gardians ont désigné un taurillon dans la manade. On pourrait dire troupeau, mais là-bas on dit manade. Pourquoi ?

« Parce que c'est comme ça » nous a répondu José par la suite.

Bref, une fois le taurillon choisi, les six ou sept gardians perchés sur leurs montures l'ont poursuivi dans une course aussi débridée que cinématographique. Jusqu'à ce que l'un d'entre eux se jette de sa selle pour tomber sur le râble du jeune cornu ! Une fois immobilisé avec le renfort de ses collègues, le taurillon s'est alors fait marquer au fer rouge de l'empreinte de son propriétaire (« fer, ferrade, capito les comiques ? » nous lancera José dans l'après-midi).

En tout cas, en deux minutes trente, j'avais saisi toute la justesse du parallèle qu'on avait coutume d'établir entre les cow-boys de Sergio Leone et les gardians de Saintes-Maries-de-la-Mer.

Mais l'essentiel n'était pas là. Non, l'essentiel, c'était qu'on était invités à se bâfrer dans un banquet.

XLII

Ricky n'avait jamais mangé de gardianne de sa vie. Moi non plus bien sûr. Et encore moins en plein cagnard. On s'est régalés.

« La gardianne c'est un peu comme le bœuf bourguignon, nous a expliqué Martine, la femme de José, sauf qu'à la place du bœuf c'est du taureau, et qu'à la place du Passetoutgrain, c'est du Costières de Nîmes. Du coup ça n'a rien à voir. »

Martine était d'une logique implacable.

« En plus on ajoute des picholines, c'est les olives d'ici les picholines. Et on sert tout ça avec notre fameux riz camarguais. Avec ça, ils peuvent aller se rhabiller les Bourguignons, boudicon ! »

À propos d'habits, Ricky a passé une bonne partie de l'après-midi à se faire expliquer par José et par le détail l'accoutrement traditionnel des gardians. Tout en vidant des bouteilles de Costières de Nîmes. J'écoutais d'une oreille inattentive, entre deux ronflements. Ces considérations vestimentaires avaient l'air très relativement passionnantes. Il y était question de bottes sans lacets, de toile denim, de chemises chamarrées, de foulards, de gilets en cuir, de lassos, de grandes capes, de cravates texanes et même de Stetson *(T'as bien entendu Éric ? Stetson hein, pas Stepson...)*.

« Just like cow-boys... s'est extasié dans un soupir un Ricky aux anges et passablement bourré.

— Bah tu sais ma Quiche Lorraine *(le surnom dont José avait affublé Éric n'était pas des plus sympathiques)*, avec tes jambes arquées, tes santiags, ton vieux jean, le bandana que t'as piqué à Jean-Luc Lahaye et ta veste à franges du Cirque Pinder, toi aussi tu ressembles un peu à un cow-boy hein.

— Gimme a hug José ! »

C'est en essayant de se tourner pour donner une accolade à son nouvel ami que Ricky s'est salement effondré sur la terre battue, les bras en croix. Le plomb du soleil, conjugué à celui du Costières de Nîmes, avait eu raison de lui.

Après deux ou trois heures de coma éthylique, c'est un doux parfum de paella dans les narines qui fit revenir Ricky dans le monde des vivants. Autour de la grande tablée, les gardians et leurs familles s'amusaient et riaient toujours autant. La seule différence notable, c'est qu'un groupe de Gitans du coin nous avaient rejoints. En tout, nous devions désormais être une bonne quarantaine.

Les tâches semblaient bien réparties chez les gipsys. Les hommes accordaient leurs guitares. Les femmes les plus âgées tambouillaient la paella pendant que les plus jeunes lissaient de la paume des mains leurs robes sévillanes sur leurs hanches engageantes. Enfin, les enfants attisaient tranquillement au milieu de la cour un feu plus imposant que la pyramide de Khéphren.

Ricky se releva tant bien que mal, frotta ses vêtements pour en chasser la poussière et vint discrètement s'asseoir en retrait du spectacle qui se préparait.

« La vache, chuis plein de fourbatures » qu'il me confia quand j'eus rejoint son épaule.

Les assiettes de paella commençaient à circuler entre les convives. Et pas n'importe laquelle.

« Ouah ! De la paella balenciaga petit rouquin ! Tu vas voir c'est exactement comme une choucroute de la mer, mais avec du riz. C'est ton alter ego du bowling, feu le Ronald crayonnégisé, qui serait drôlement content dis donc ! Regarde un peu : y a de la seiche, des moules, des palourdes, des crevettes, des calamars et même des langoustines. »

C'est vrai que c'était délicieux. M'est à parier que la paella ne dégage jamais autant de saveurs que lorsqu'elle se fait balnéaire.

Les musiciens se réclamaient de la famille de « Manitas de Plata », un éminent guitariste gitan qui de son vivant enflammait chaque année le pèlerinage des Saintes-Maries. Comme leur aîné, ils jouaient en effet admirablement. Néanmoins, je me permets de douter encore maintenant de leur filiation, dans la mesure où en guise de « petites mains d'argent », eux arboraient plutôt des grosses paluches recouvertes d'or.

Peu importe. La fête était bel et bien lancée. Elle était même belle tout court. Emportées par le flamenco, les jeunes beautés tziganes ondulaient de toutes les courbes de leurs silhouettes. Tantôt autour du feu, tantôt autour des guitaristes de qui elles semblaient tomber éperdument amoureuses à chaque refrain.

C'est un truc qui l'exaspérait ça Ricky, le sex-appeal dont jouissait n'importe quel blaireau dès lors qu'il grattouillait des cordes tendues sur un morceau de bois en poussant la chansonnette.

« Regarde Johnny Guitar, déjà ! Ils auraient pas pu l'appeler Johnny Guimbardo sans déconner ? M'enfin ! C'est un phénomène bien connu des psychanalystes, il paraît. Ils appellent ça "le complexe du guimbardiste". »

L'esprit sans doute encore embrumé par la gueule de bois, Ricky entreprit de montrer lui aussi de quel bois il pouvait de se chauffer. Il s'approcha donc des manouches, s'assit à leurs côtés, et sortit sa guimbarde. Étonnamment, les vibrations de l'instrument se mariaient plutôt bien à la mélodie du flamenco. Et les belles danseuses se montraient amusées tant par l'engin que par l'audace de son propriétaire. L'une d'elles en particulier — on l'appelait Trinita — décida d'accompagner les drôles de tsoing-tsoings de la chose par les frou-frous de sa robe. Elle lançait en plus à Éric de langoureuses roucoulades. Ricky tenait enfin sa revanche. Celle des guimbardistes du monde entier.

« VENGE-NOUS !   VENGE-NOUS ! »   les entendait-il lui crier au creux de l'oreille.

C'est alors qu'un des gitans brisa — intentionnellement ? — l'idylle naissante en libérant une flatuosité à trois temps. Tous les regards se tournèrent en même temps dans la direction du malotru, qui essaya de se justifier.

« Aïe aïe aïe ! Yé souis vraiment dessolé. Ma comme il dit Bernard Lavilliers, la mouzike est oune cri qui vient dou l'intériour. »

Ricky tenta de reprendre sa partition mais, perturbé par l'incident, se blessa avec sa guimbarde. La languette pointue qu'on actionne avec le pouce était venue se ficher à l'intérieur de sa joue. La blessure était vilaine et la chair saignait abondamment. Pas plus perturbé que ça, Ricky trouva surtout à son sang un fort goût de fer. « Au moins, je suis pas aménique » s'auto-diagnostiqua-t-il.

Trinita vint se poser sur ses genoux au même moment pour réconforter le grand blessé. Et lui fit signe de se taire en plaçant un index devant sa bouche meurtrie.

« Né dis rien et souis-moi, yé vais té soigner dans la carabane. »

Ricky rêvait les yeux ouverts. Il en avait même oublié la douleur.

Pour ma part, en regardant les deux tourtereaux disparaître vers l'obscurité du regroupement de roulottes, je remarquai une inquiétante quantité de paires d'yeux qui brillaient dans la nuit.

« Sacrebleu ! m'écriai-je à moi-même en m'étonnant par la même occasion de la désuétude de mon juron en pareille situation de danger. Des chats sauvages ! »

C'est que ces félons félins comptent parmi les plus redoutables prédateurs d'écureuils, au même titre que les martres ou les grands ducs. Sans leur demander leur avis, je rattrapai donc Ricky et Trinita afin de m'assurer une nuit en sécurité à l'intérieur de la gitane caravane.

XLV

La sensuelle bohémienne se révéla être une infirmière hors pair. Elle cautérisa la plaie d'Éric avec beaucoup de soin et une compresse stérile. Ensuite... ensuite arriva ce qu'il était écrit qu'il devait arriver. Le fantasme de l'infirmière gitane sans doute. Trinita déshabilla Lucky Luke — je ne sais pas si l'amour rend aveugle, mais il faut croire en tout cas qu'il rend anosmique, car l'odeur dira-t-on épicée de Ricky ne semblait pas le moins du monde importuner la belle. Dans le même temps, Éric délaçait lentement la robe de son exotique conquête. Mais s'il la délaçait lentement, c'était surtout à cause des nœuds que son impatience avait dans un premier temps provoqués. Ricky finit tout de même par s'en sortir. Et en tombant sur sa taille, la robe de Trinita révéla une paire de seins, mais une paire de seins mes aïeux ! Comme il avait rarement été donné à un homme de contempler. Alors à un écureuil, je vous dis même pas. Je rougis dans la seconde — et un rouquin qui rougit, c'est pas rien — avant de m'effondrer du fait d'un petit malaise vagal.

L'ivresse aidant sans doute, Ricky se montra quant à lui bien plus entreprenant et débordant d'assurance qu'il ne l'avait été avec Shirley, la side-cariste de la route nationale sixty-six. En tout cas, s'il n'avait pas copulé depuis une petite éternité (même les dernières années avec son ex-femme avaient été d'une pathétique pauvreté sexuelle), il n'avait pas perdu son habileté. La nuit fut débridée. Le rodéo TORRIDE. Les cloisons de la caravane menaçaient de s'écrouler à chaque instant. Les hurlements de Trinita faisaient régulièrement décamper tous les chats sauvages des environs. Une partie de la tribu gitane dût même déplacer ses caravanes pour obtenir un peu de répit. Et Ricky, lui, entendait dans sa tête Guy Marchand chanter la Passionnata à chaque nouvel orgasme.

« Tu voudrais que je sois espagnol / Que je chante en fa en sol / Tous les airs de Flamencooôôôoo / Tu voudrais que j'ai un habit d'or / Le regard de matador / De Rudolf Valentinooôôôoo »

Au petit matin, les amants se quittèrent tendrement. Sans un mot. Comme pour ne jamais interrompre la magie de cette nuit-là. Une nuit foncièrement olé olé.

De mon côté, entre mon malaise et les vocalises d'Esmeralda, elle avait été bien pourrie la nuit. Mais bon, j'étais au fond de moi sincèrement réjoui pour Ricky. Cet homme-là plus que tout autre méritait le bonheur.

« Tu sais quoi, petit rouquin ? qu'il me lança d'un air rêveur en marchant à travers les herbes folles.

— *Non. Pas encore.*

— Bah, si on peut comparer les gardians camarguais aux cow-boys texans, je me dis qu'on peut de la même manière établir une espèce de parallèle entre les Tziganes qui viennent s'installer aux Saintes-Maries-de-la-Mer et les Mexicains qui migrent aux Stetz.

- *Ha oui, quand même !*

- À la différence près que les gardians accueillent les Tziganes à bras ouverts avec le cœur sur la main. Et au-delà de la performance morphologique, je trouve ça hyper émouvant. Même que j'en ai les larmes aux yeux tu vois…

- *Ho punaise, t'es amoureux toi… »*

C'est à cet instant précis que mon odorat surdéveloppé détecta dans l'air des phéromones d'écureuille en rut ! Les culbutes répétées de Ricky et Trinita m'ayant déjà terriblement émoustillé toute la nuit, c'en était trop. Je courus dans tous les sens à la recherche de cette potentielle partenaire sexuelle.

Mais en vain ! Où se cachait-elle, cette rousse diablesse ?

Un peintre du dimanche — bien que nous fûmes me semble-t-il un vendredi — exerçait son art un peu plus loin, devant une volée de flamands roses au repos. Voyageait-il lui aussi avec un *Sciuridae*, comme mon Ricky ? Je m'approchai lentement de l'homme, lui tournai autour, mais pas l'ombre d'une femelle à cet endroit. Et pourtant, ces phéromones ne trompaient pas. Je devenais fou !

Et c'est en voyant le pinceau de l'artiste en herbes hautes que je compris. Il était constitué de poils d'écureuille ! J'avais jadis ouï dire par un de mes semblables que certains d'entre nous étaient chassés par l'homme pour finir au bout d'une vulgaire tige en bois. Mais j'avais ri aux éclats...

Le pauvre peintre n'y était pour rien, mais il allait payer pour les autres. Je lui mordis l'avant-bras et m'enfuis jusqu'à Ricky, le pinceau entre les dents.

Ça me ferait toujours une sorte de poupée gonflable.

XLVI

Une nouvelle fois, nous quittions un « État », et une nouvelle fois, il nous fallait regagner une voie de chemin de fer. Cet objectif atteint, Ricky saisit sa boussole, puis l'étudia en fronçant les sourcils et en faisant plusieurs tours sur lui-même.

« Depuis notre départ, petit rouquin, on a systématiquement tiré plein sud. Eh bien aujourd'hui, j'ai l'insigne honneur de t'annoncer que débute la conquête de l'Ouest, la vraie ! »

Au même moment, une Porsche se gara dans la pampa de la garrigue. L'homme brun et ramassé qui en descendit ouvrit le coffre et en sortit un curieux engin qu'il fit s'envoler dans l'air déjà chaud.

« Oh dis donc, un grone ! » s'est extasié Ricky.

Une fois à bord du train de fret, mon Mosellan préféré a sorti son carnet et son stylo-bille pour signer un vibrant hommage au King.

Viva Las Texas
(Éric Alterstruff / Mort Shuman)

« Monsieur vous êtes recherché !
M'annonce le shériff du comté
Qui en fait ressemblait
Au gendarme de Saint-Tropez

Refrain :
C'est moi Ricky le Ricain
Et dans ma besace
En plus du rouquin
J'ai ajouté le Texas
Vivaaa Las Texas
Vivaaa Las Texas

Tsong (timide présence de la guimbarde par crainte de nouvelle blessure)

Je connaissais les méchants
Des westerns spaghetti

Là je découvre les gardians
Des bords de mer, Saintes-Maries

Refrain :
C'est moi Ricky le Ricain
Et dans ma besace
En plus du rouquin
J'ai ajouté le Texas
Vivaaa Las Texas
Vivaaa Las Texas
Tsong

Et voici les Gipsys
Les rois de la paella
Mais au meilleur des riz
Je préfère mille fois Trinita

Refrain :
C'est moi Ricky le Ricain
Et dans ma besace
En plus du rouquin
J'ai ajouté le Texas
Vivaaa Las Texas
Vivaaa Las Texas

Tsong

Avec la belle gitane
Le plus caliente des raouts
Le feu dans la caravane
Demandez au rookmoot

Refrain :
C'est moi Ricky le Ricain
Et dans ma besace
En plus du rouquin
J'ai ajouté le Texas
Vivaaa Las Texas
Vivaaa Las Texas

Tsong

De cet État je garderai
Des griffures sur la peau
Et l'petit rouquin de son côté
Un simple pinceau »

XLVII

C'est faire injure à la grande famille des casseroles que de comparer le niveau de chant d'Éric à une des leurs. Je ne vois pourtant pas de meilleur rapprochement.

En tout état de cause, je préfère qu'il me parle littérature.

« Tu vois petit rouquin, l'aventure qu'on est en train de vivre là, ça me rappelle un bouquin que j'avais lu au collège. Je dois dire qu'il m'avait bien plu. Le titre c'est *Des hommes et des souris*, d'un certain John Bifsteak. Ou Rumsteak, je sais plus très bien, en tout cas un morceau de steak, ça c'est sûr. Bref, c'est l'histoire de deux vagabonds qui sillonnent les Stetz dans les années trente et des poussières, de petits boulots en petits boulots. Le duo qu'ils forment à deux, on dirait un peu le nôtre : y a le petit qui est malin, comme toi, il s'appelle George. Et le grand maladroit, un peu couillon comme moi, lui c'est Lemmy. Il vont de ranch en ranch, inséparables. Le problème c'est que Lemmy, il se rend pas bien compte de sa force, et du coup parfois il tue des bestioles rien qu'en les caressant. Des souris dans ton genre tu vois. Et la fin est d'un tristissime si tu savais... »

Justement, j'aurais bien aimé savoir. Il m'a sérieusement inquiété le Ricky avec son histoire de grand dadais qui ratatine des petits rongeurs ! (Au passage, récapitulatif Ô combien vain qui t'est néanmoins destiné cher Éric : je ne suis pas une souris ! Pas plus qu'un marsupial, un ouistiti, un lapin, un cochon d'inde, un hamster, une marmotte ou un marcassin ! Je n'ai rien à voir avec toutes ces bêbêtes ! UNE BONNE FOIS POUR TOUTES : JE SUIS UN É-CU-REUIL ! Merci).

Le corridor *Méditerranée* que nous empruntions nous avait gentiment fourni une ribambelle de soupes de poissons en boîtes dont nous nous sommes délectés, après que Ricky les eût ouvertes à l'aide de son couteau suisse. Autant le bougre n'avait pas beaucoup de force dans les bras, autant c'est vrai qu'il en avait sacrément dans les mains.

De la nuque à l'extrémité de la queue, un frisson hérissa mes poils en repensant à Lemmy.

XLVIII

Nous dormions à poings fermés quand les roues du train se bloquèrent dans un crissement à faire saigner les tympans les plus épais. Notre serpent de ferraille s'immobilisa aussi sec.

« Ah ! Ça m'a pas l'air prévu cette histoire ! » lâcha Ricky en passant la tête par la porte ouverte du wagon de marchandises.

Une lune pleine comme un œuf éclairait le paysage.

« Et puis c'est curieux, ça ressemble à un coin perdu de l'Arizona » qu'il ajouta tout guilleret en sautant du train, son sac U.S. sur le dos, et votre serviteur à ses trousses.

Ricky a marché jusqu'à la tête du train. Le conducteur était déjà descendu sur les voies, visiblement perplexe.

« Y a un problème Monsieur Locomotive ?

— Bah voyez par vous-même, fît l'homme de la SNCF en montrant le chemin de fer à Ricky.

— Ah oui dites donc, effectivement !! Ils sont passés où les rails ?

— Bonne question... Ça arrive de plus en plus fréquemment, avec le prix du métal qui s'envole.

— Eh ben y a pas que le prix qui s'envole du coup... Bon, y en a pour longtemps pour les remplacer vous croyez ?

— Ce sera fait avant demain matin j'espère. Mais... vous êtes qui au fait ? Qu'est-ce que vous faîtes là exactement ? Z'étiez dans le train ? Passager clandestin !?

— Euh... non.

— Ça m'étonnerait, vous êtes recouvert de soupe

de poissons !

— Euh... oui.

— Fichez-moi le camp avant que j'appelle la gendarmerie !

— Ah non ! Pas la gendarmerie ! »

On a immédiatement tourné les talons pour s'éloigner de là et finir notre nuit dans un champ de... un champ de je ne sais pas quoi. Mais un champ tout sec en tout cas. Avec des tiges bien drues qui poussaient par endroits. Tout ça grattait énormément.

Du coup, on s'est levés avec le soleil, qui était devenu fort matinal ces dernières semaines. D'après Ricky, nous devions être fin mai-début juillet à peu près. Mais ça faisait un bon moment que le temps n'avait plus d'importance pour le grand dadais et moi, Éric et petit rouquin, Ricky et Rookmoot, Lemmy et George, comme vous préférez.

« Allez viens petit rouquin, on va se balader dans l'Amérique profonde un peu, avant de reprendre le train demain. J'ai hâte de rencontrer les raides mecs du coin.

— *Les* rednecks *Ricky, les* rednecks... »

On est arrivés dans un joli petit village — Escalquens qu'il s'appelait — et on est entrés dans le premier troquet venu. La petite aiguille de la vieille horloge murale à la gloire de la Suze n'était pas encore tout à fait sur le huit, mais ça gorgeonnait déjà sérieusement. Tout le monde tournait au gibolin. Peut-être Ricky avait-il réellement voulu mentionner les « raides mecs » quelques instants plus tôt ? Toujours est-il que le troupeau de soiffards le regarda de travers quand il commanda un bol de chocolat chaud.

« C'est quoi ce que vous faites pousser dans les

champs le long de la voie de chemin de fer ? tenta-t-il pour détendre l'atmosphère.

— Du pinard ! » lui rétorqua sèchement le chef de meute.

XLIX

On serait bien restés plus longtemps au bistro avec Éric. Il n'avait pas tous les jours l'occasion de s'asseoir sur une chaise. Et puis le chocolat chaud lui avait coûté « trois euros cinquante quand même ! ». Mais l'ambiance était franchement pesante. On leva donc le camp pour errer dans les rues du patelin.

En passant devant un long bâtiment crépi de rose saumon, une idée sembla traverser l'esprit de Ricky. Ce qui ne manqua pas de m'inquiéter. Il arracha quelques tulipes d'un massif municipal situé à proximité, me fourra d'autorité dans son sac U.S. et entra dans l'édifice d'un pas décidé autant que grinçant. Une fois à l'intérieur, il se dirigea illico vers un comptoir derrière lequel se tenait une femme en blouse blanche et aux cheveux frisés (ça m'a toujours fasciné, les cheveux frisés).

« Bonjour Madame, je viens voir Mireille s'il vous plaît. Je suis son petit neveu.

— Mireille... Mireille... Ah, vous voulez parler de Madame Jacquard ?

— Précisément, oui. Vous pouvez me rappeler son numéro de chambre s'il vous plaît ?

— 204. Au fond du couloir, ascenseur gauche, deuxième étage.

— Merci Madame, vous êtes bien aimable. »

Une fois dans l'ascenseur, j'ai sorti la tête du sac

U.S.. Éric m'a aperçu dans le miroir et s'est adressé à moi — enfin à mon reflet — en souriant, fier de son coup.

« Tu connais une seule maison de retraite qui ne compte aucune Mireille toi, petit rouquin ? Moi pas, hé hé...

— *Mais c'est quoi l'idée là, Ricky ?*

— Alors vu que j'aime bien les vioques, voilà quoi... Et puis comme ça on passera la journée dans la fraîcheur de la clim. Sinon avec la chaleur qu'il va faire dehors aujourd'hui, on a toutes les chances de crever.

— *Oui, certes. M'enfin quand on réfléchit bien, dans une maison de retraite, clim ou pas, on a toutes les chances de crever.* »

Arrivés devant la porte estampillée 204, Éric frappa trois coups pour le principe avant d'entrer en fanfare dans la chambre de Mireille Jacquard. Assise dans un large fauteuil en skaï marronnasse, l'air absent, la vieille dame paraissait en relative bonne forme. On ne connaissait pas son âge, mais elle faisait certainement moins.

Une aide soignante se tenait à ses côtés.

« Tata Mimi ! hurla Ricky dans l'oreille de la croulante en l'écrasant dans ses longs bras.

— Aïe ! Mais criez pas comme ça chuis pas sourde ! Et puis vous êtes qui d'abord ?

— C'est moi, Grande-Tata ! Éric, enfin ! Ton petit-neveu. »

L'aide-soignante regarda Ricky en faisant discrètement pivoter sa main près de la tempe, l'air de dire que Miss Marple perdait un peu la boule ces jours-ci.

« Bon, je vous laisse avec votre petit neveu Madame Jacquard, dit gentiment l'aide-soignante en se dirigeant vers le couloir. À plus tard.

— Au revoir Mademoiselle, lui répondit courtoisement Ricky.

— C'est ça fous-moi le camp, espèce de tortionnaire ! » maugréa Tata Mimi.

Une fois l'aide-soignante partie, la vieille dame plissa ses yeux usés et regarda Ricky en haussant les épaules. Je sautai alors du sac U.S., et la vieille dame me dévisagea à mon tour. Nouveau haussement d'épaules.

« Allez Aymeric, transbahute-moi sur le fauteuil à roulettes et amène-moi à la cantine, j'ai les crocs. Et puis j'ai pas envie de rater la quine de quatorze heures trente. »

Éric s'exécuta en se marrant. C'est vrai qu'il avait l'air de bien les aimer les « vioques ». Tata Mimi elle, n'avait aucune idée de qui pouvait bien être ce grand type flanqué d'un chihuahua nain. Mais elle s'en fichait comme de l'an quarante. Elle avait de la visite, c'était bien là le principal.

Dans le couloir, le criii-criii du fauteuil roulant de Mireille précédait le couic-couic des grandes perches de Ricky.

L

Je n'avais jamais mis les pattes dans une maison de retraite. Et a fortiori dans la salle à manger d'une maison de retraite. J'ignore comment vous envisagez vos vieux jours, mais autant vous prévenir tout de suite : c'est pas joyeux-joyeux. Beaucoup de « vioques » sont assis seuls à une table, hagards. Certains au contraire préfèrent se rassembler pour organiser ce qui ressemble à des concours de bave. Un curieux endroit, vraiment.

En entrant dans la salle avec Tata Mimi en éclaireuse, Éric a rapidement évalué l'étendue des dégâts. Mû par une mystérieuse détermination, et sous le regard circonspect des aides-soignantes, il a alors déplacé toutes les tables — et leurs occupants — de manière à ce qu'elles forment un U (« U comme Mariage ou Noce, ou plus vraisemblablement Union » précisa mon Maître Capello). Personne n'a bronché (a-t-on déjà observé légumineuse broncher ?). Et Ricky a pris la parole, d'une voix douce mais qui flirtait tout de même avec les quatre-vingts décibels :

« Bonjour tout le monde ! Je m'appelle Éric et je suis le petit-neveu de Mireille. Et vous, comment vous appelez-vous ? Madame par exemple, tout au bout là-bas ? »

Et la brochette de pépés et mémés de se prêter au jeu. Et vas-y que je m'appelle Simone, et vas-y que moi c'est Lucien, et vas-y que moi c'est Mauricette mais tout le monde dit Momo. La mayonnaise du quatrième âge prenait, le robinet des destinées de chacun était grand ouvert. En deux mots, un groupe soudé naissait sous mes yeux ébahis. Nom d'un bison, mon Ricky avait dû être un sacré bon manager chez Buffalo Grill !

Arrivés au Rouy — c'était peut-être du Vieux Pané, allez savoir — Ricky a sursauté en découvrant la date sur le calendrier accroché au mur.

« Ça alors ! C'est mon anniversaire, quarante-six ans ! » qu'il s'est écrié.

Et toute la grabatairerie d'entonner un déchirant

« Joyeux anniversaire, joyeux anniversaire, joyeux anniversaire mince c'est qui lui déjà ? Joyeux anniversaire ! » au moment où une aide-soignante inspirée déposait devant Ricky un ravier de compote de pommes orné d'une bougie rabougrie. Voulant échapper à l'insipidité de la chose, Éric jeta un coup d'œil à sa montre.

« Houla ! C'est pas tout ça les amis, mais c'est l'heure de la quine ! »

Excitation dans la salle et branle-bas de combat du côté des aides-soignantes pour débarrasser les tables.

LI

La quine est un jeu passablement débile.

Un comique tire au sort des numéros grâce auxquels chacun doit compléter la grille qui lui a été attribuée. Le premier à y parvenir a gagné. Ce qui rend le comique comique, c'est qu'il annonce les numéros qu'il pioche par des périphrases supposément pleines d'esprit. Pour annoncer le 8 par exemple, Momo — oui c'est Mauricette qui s'y colle à la maison de retraite d'Escalquens — Momo donc, dira :

« Le 0 et sa ceinture. »

Voilà voilà...

Vous en voulez d'autres ?

Le 22 ?

« Les écrivains du rond-point. »

Le 32 ?

« Le dentier. »

Le 46 ?

« La culotte à Charlotte. » (semble-t-il en référence à la fois au numéro de département du Lot et à une chanson de Georges Brassens. Pensées émues pour toutes les Charlotte)

Le 53 ?

« La pointure à Gertrude. »

Le 79 ?

« Les deux-chèvres. »

Je maintiens. La quine est un jeu passablement débile.

Évidemment, ni Ricky ni sa collection d'antiquités ne partageaient mon avis. Ils ont « quiné » jusqu'à dix-huit heures et la fin des visites.

Le moment des adieux tant redoutés était venu. Les « vioques » dont les yeux en étaient encore physiologiquement capables ont versé une larmichette ou deux. Ricky a pour sa part mis un point d'honneur à retenir les siennes, comme le plus dur à cuire de tous les cow-boys. Puis il a enfilé son sac U.S. sur une épaule, lâché un « Bye bye grannies and papies ! » et rejoint la sortie comme un homme. Je l'ai suivi et moi aussi, comme un homme qui se prend pour un cow-boy, j'ai refusé de pleurer.

Une fois dehors, Ricky en avait quand même vraiment gros sur la patate.

« Je sais pas toi petit rouquin, mais moi j'ai passé une saperlipopette de bonne journée ! Un bail que j'avais pas pris une année de plus avec autant de gaieté... Tu sais, les vioques ont une banane insoupçonnée *(une banane insoupçonnée !? Qu'est-ce que c'est que cette affaire ?)*, pour peu qu'on leur en donne conscience. Y a un proverbe qui dit ça très bien d'ailleurs : c'est avec les vieux croûtons qu'on fait la meilleure soupe. Ou un truc pas loin. Bref. En tout cas, je m'étais pas trompé : ce coin-là ressemble à l'Arizona comme deux gouttes d'eau. Il y fait chaud, l'air y est sec, et les vieux gagas se regroupent entre eux pour jouer au bingo comme à Sun City. Parce que c'est ça aussi l'Amérique petit rouquin ! Un pays vieillissant. Avec même certains Grandpas et Grandmas obligés de bosser dans des supermarchés pour arrondir leur retraite. Ils remplissent les sacs de la clientèle aux caisses ou rangent les caddies sur le parking. Ahlalalalalala... Bon allez viens, on va se trouver une rivière pour se rafraîchir et passer la nuit tranquillou. Et demain hop ! On reprend le train. En espérant que les rails auront été remplacés. »

LII

C'est avec la plus grande difficulté que nous avons atteint l'Hers, le cours d'eau local. Les Escalquinois croisés en chemin avaient beau ajouter force précisions à leurs instructions, on nageait en plein brouillard. Et puis la rivière nous est apparue au moment où on n'y croyait plus. Elle n'était pas bien large, pas bien profonde, pas bien claire, disons-le franchement plutôt moche, mais elle ferait l'affaire.

Ricky s'est entièrement déshabillé pour aller s'allonger au milieu de l'Hers en poussant des petit *Ouille !* à cause des galets de silex.

« Ça fait un bien fou de se décrassouiller petit rouquin ! Tu devrais m'imiter.

— *Non Ricky, ne compte pas sur moi là-dessus. Jamais. Le jour où tu verras un écureuil dans l'eau, c'est que ce sera un raton laveur.*

— T'es pas un chat à ce que je sache !

— *Bien vu Ricky ! Et bravo, elle était pas évidente à prononcer ta phrase.* »

À plat ventre dans la rivière, ses longs bras écartés, Ricky scrutait l'eau qui lui arrivait dessus. Et c'est comme ça que le zigoto a attrapé une truite ! Il fallait le voir ensuite regagner la berge « en tenue d'Alban », le pas mal assuré, s'efforçant de ne pas laisser le glissant salmonidé lui échapper des mains.

La chaleur était telle ce soir-là que Ricky renonça à allumer un feu. C'est dommage, la truite aurait indiscutablement gagné à être cuite. M'enfin. Après le sashimi, Ricky a sorti sa guimbarde. Plutôt qu'à bord d'un train, une inspiration soudaine l'aura cette fois-ci conduit à pousser la chansonnette autour d'un feu qui brillait par son absence.

Sur l'air de la comptine *Old MacDonald Had a Farm*, voici donc :

Old mad people had a quine
(Éric Alterstruff / anonyme)

« *Refrain :*
En Arizona il y a
Ee-i-ee-i-o
Des drôles de numéros
Ee-i-ee-i-o

Comme les amoureux
Les premiers sont deux :
Il y a George le petit
Et le grand Lemmy

Tsoing-tsing-tsong-tsoing-tsoing-tsun-tsoooooing-tsing-tsoin-tson-tsoong-tsing-tsing-tsouiiiiing-tsoing-tsoing (la guimbarde n'a jamais aussi bien trouvé sa place, impossible d'arrêter Ricky)

Refrain :
En Arizona il y a
Ee-i-ee-i-o
Des drôles de numéros
Ee-i-ee-i-o

Il y a les poivrots
Au fond du bistro
Eux il se balancent
Du pif d'Escalquens

Tsoing-tsing-tsong-tsoing-tsoing-tsun-tsoooooing-tsing-tsoin-tson-tsoong-tsing-tsing-tsouiiiiing-tsoing-tsoing

Refrain :
En Arizona il y a
Ee-i-ee-i-o
Des drôles de numéros
Ee-i-ee-i-o

Moi mes préférés
C'est les moins frais
J'aime les vieux, les vieilles
Et surtout Mireille

Tsoing-tsing-tsong-tsoing-tsoing-tsun-tsoooooing-tsing-tsoin-tson-tsoong-tsing-tsing-tsouiiiiing-tsoing-

tsoing

Refrain :
En Arizona il y a
Ee-i-ee-i-o
Des drôles de numéros
Ee-i-ee-i-o

Il y a le 88
« Les deux cacahuètes ! »
Et le 69 ?
« Tempête sous la couette ! »

Tsoing-tsing-tsong-tsoing-tsoing-tsun-tsoooooing-
tsing-tsoin-tson-tsoong-tsing-tsing-tsouiiiing-tsoing-
tsoing

Refrain :
En Arizona il y a
Ee-i-ee-i-o
Des drôles de numéros
Ee-i-ee-i-o

Au revoir les vioques
Z'êtes un peu toc-toc
Mais naaaaan je vous taquine
Et merci pour la quine

Tsoing-tsing-tsong-tsoing-tsoing-tsun-tsoooooing-
tsing-tsoin-tson-tsoong-tsing-tsing-tsouiiiing-tsoing-
tsoing

Yeeeehaaaaaaa ! »

LIII

La nuit fût mauvaise. Aussi bien pour Ricky que pour moi. La faute à la truite sans doute. Elle devait être porteuse d'un virus quelconque. Si ça se trouve, ce n'était pas vraiment une truite d'ailleurs. Peut-être un jeune silure. Beuark.

En tout cas, les rails de chemin de fer déclarés manquants la veille avaient bien été remplacés dans la nuit. Après cette halte inopinée en Arizona, le *Ricky & Rookmoot guimbarde tour* pouvait donc reprendre l'itinéraire prévu. Sauf que Ricky souhaitait expérimenter une nouvelle manière de rallier un train de marchandises en marche. Moins périlleuse que celle consistant à courir à côté d'un wagon, l'attraper et se faire traîner comme un guignol sur deux-cents mètres. On a donc marché plusieurs kilomètres, jusqu'à un petit pont en pierre qui enjambait la voie ferrée. On est montés sur l'ouvrage d'art, et on a attendu le train. Après avoir patienté à peine cinq ou six heures, on l'a enfin vu s'approcher, avec ses premiers wagons à ciel ouvert remplis de sable, et les suivants fermés, que j'imaginais déjà regorgeant de boîtes de cassoulet. Dès la locomotive engagée sous nos pieds, Ricky s'est mis debout sur le parapet et a récité ce qui ressemblait à un psaume (il était notamment question d'un « Christophe, Saint-Pardon des Voyageurs de la SNCF »). Recroquevillé dans le slip alternatif au fond du sac U.S., il me paraissait un poil longuet ce psaume. À tel point que j'ai eu très peur que Ricky non seulement laisse passer les wagons de sable, mais aussi les wagons fermés. Et qu'il ne saute qu'APRÈS. Sur la voie donc. Dieu merci, ainsi que Saint-Christophe, c'est finalement sur le toit de l'avant-dernière voiture que nous nous sommes posés. Le terme « crashés » serait en fait plus juste, Ricky y ayant tout de même laissé une dent dans l'histoire. La canine droite de la mâchoire supérieure pour être tout à fait précis. À l'heure qu'il est, elle a déjà dû parcourir l'équivalent de plusieurs tours du monde, solidement fichée qu'elle est dans le toit de la voiture dix-sept du Carcassonne-Montauban.

Bref. Une fois remis du choc, il fallut à Ricky descendre du toit pour gagner l'espace situé entre deux wagons, et essayer d'entrer dans l'un d'entre eux. Et là, stupeur : à travers une vitre, Ricky découvrit qu'en fait de marchandises, les wagons fermés transportaient des voyageurs !

« Damned pefit rouffin ! Un train à lotiffements ! *(avec sa dent en moins, le pauvre fofotait)*
— *Un quoi ?*
— À l'inverfe des trains complets, fes trains-là ont un farfhement mifte : marfandifes pluf voyafeurs !
— *Faprifti !*
— Qu'à felà ne tienne, petit rouffin ! Refoignons les wagons remplis de fable en traverfant fes wagons de voyafeurs comme fi de rien n'était. »

LIV

Un grande échalas à l'hygiène douteuse, la bouche en sang, attifé d'une veste à franges usée jusqu'à la corde et accompagné d'une saleté de rongeur dont la tête dépassait à la fois d'un vieux slip et d'un sac de lycéen des années quatre-vingts, traversait donc la voiture dix-sept qu'occupaient d'honnêtes voyageurs. Puis la voiture seize. Et enfin la voiture quinze, remplie de passagers sans doute plus respectables encore, dans la mesure où ils avaient choisi la première classe. « Comme fi de rien n'était », donc...

Quelques instants plus tard, nous étions enfin allongés sur le sable, les cheveux et les poils au vent, sous un beau soleil d'été. Un morceau de plage qui filait à cent-dix kilomètres à l'heure. C'était beau.

Et pourtant, Ricky semblait contrarié. Chagriné presque. Pour me faire partager ses états d'âme de manière intelligible, sans fofoter, il boucha le trou sanguinolent de sa gencive avec son auriculaire.

« Dans le deuxième wagon qu'on a traversé petit rouquin, y avait une jeune fille. On aurait dit la mienne, Liberty. Ça m'a fait tout drôle... Je crois qu'elle me manque. Pourtant elle m'en fait baver tu sais. C'est pas évident les mômes ! Rien que l'éducation, pffff ! Pendant des années et des années, on répète les mêmes choses en boucle, encore et encore. Fais ci, non fais ça, oui mais non pas comme ça. Ça sert à rien bien sûr, ils écoutent pas les mioches. Tu veux que je te dise ? Élever un gamin, c'est comme pisser dans un violon pendant vingt ans.

— *On peut pisser dans un violon pendant vingt ans !? Oh là là, mais il est beaucoup plus grand que je l'imaginais cet instrument !*

— Et puis ça fait du boucan en plus un marmot ! Au début ça pleure. Plus tard ça parle. Ensuite ça chante. Après ça pleure à nouveau et ça écoute de la musique effroyable hyper fort. J'ai un copain, c'est pas compliqué, il s'était fait construire une *panic room*... Tu sais ce que c'est une *panic room* ?

— *Non, dis-moi.*

— C'est une pièce fortifiée que les flippés installent dans leur baraque pour se protéger des voleurs, des agressions, d'un nuage nucléaire, des extra-terrestres, des zombies, bref tout un tas de trucs. C'est une espèce de bunker personnel si tu veux. Entièrement blindé, capitonné, avec des réserves de nourriture et tout le tralala.

— *Quoi comme nourriture par exemple ?*

— Eh bah mon copain, pour pas être emmerdé par ses mouflets, ça lui arrive de s'y enfermer tout le week-end dans sa *panic room* !

— *Han ! Avec toute la nourriture rien que pour lui !*

— Tu vois un peu... je te raconte tout ça mais bon, ton enfant tu l'aimes quand même hein, attention ! T'es content de le voir grandir, s'épanouir, gagner en autonomie. Ça te rend fier même. Mais un peu triste aussi. C'est pour ça, j'ai un coup de splim là.

— *Un coup de quoi ?*

— Sans parler de leur avenir... On surexploite tellement notre bonne vieille planète. Non mais dans quel état on va la leur laisser à nos moutards, je te le demande !

— *Ah ça je sais : un état tout pourri.*

— On aura l'air malin par exemple le jour où nos arrière-arrière-petits-morveux apprendront qu'avec notre système de toilettes on faisait nos besoins dans de l'eau potable !

— *Tu sais trouver les images fortes Ricky.* »

Après cette tribune pleine de bon sens, le philosophe au sac U.S. ôta son auriculaire de sa bouche et combla le trou béant de feu sa dent avec le filtre d'un mégot de cigarette qui trainait dans le sable.

LV

Restait à savoir si ce train à lotissements assurerait bien notre correspondance. Réponse : oui. Nous sommes descendus de notre bac à sable près de Bordeaux, où nous avons pu prendre un nouveau convoi. Lequel présentait le double avantage de ne transporter que des marchandises, et de marquer un arrêt en gare de fret. Les dents restantes de Ricky accueillirent cette dernière nouvelle avec un grand sourire.

En revanche, la cargaison du train n'était pas à la hauteur des attentes qu'avait fait naître chez nous l'emprunt du corridor *Atlantic*. En effet, en guise de mangeaille, les wagons ne transportaient que des tongs pour enfants Made in Vietnam à l'effigie de Bob l'Éponge, probablement embarquées au port du Havre. « Laissons tomber » se dit Ricky après avoir essayé une paire du trente-cinq un peu juste pour ses petons format quarante-sept.

Au fur et à mesure que le train roulait, l'air s'emplissait de délicieux parfums de sel et de conifères. Mais pas n'importe quels conifères. Je ne reconnaissais là ni l'odeur de l'épicéa, ni celle du sapin. Non, c'était un fumet encore inconnu de mes poils olfactifs. On me l'avait maintes fois décrite cette odeur, avec sa forte présence de résine. C'était... c'était celui du légendaire *PINUS PINASTER* !

« Il paraît que ça picote les naseaux ! » entendait-on depuis la nuit des temps chez les écureuils de toutes les forêts du quart nord-est de la France. Et oui, ça picotait les naseaux effectivement. Je ne savais d'ailleurs pas à quoi attribuer exactement les larmes qui naissaient à l'orée de mes yeux : au parfum irritant du géant vert ou à l'émotion de cette incroyable et inespérée rencontre ?

Éric me ramena fissa à la réalité.

« Allez remue-toi le train et ouvre ton parachute sac à puces, nous v'là en Californie. Here we go ! »

On sauta. On s'écrabouilla. Encore une fois.

LVI

On a trouvé un sentier qui menait plein ouest. Il était magnifique ce sentier, bordé de milliards de pins des Landes. Il sentait l'extase, rien de moins. Et après quelques kilomètres d'euphorie, une nouvelle surprise m'attendait derrière une dune.

L'O-CÉ-AN ! Du bleu à perte de vue, sur la mer comme au ciel ! Tel Stendhal étourdi par les charmes infinis de Florence, je tombais en pâmoison devant tant de beauté. J'écarquillais mes yeux comme deux soleils, bien que le vrai, au zénith, aurait pourtant dû m'inciter à les plisser (d'ailleurs, j'avais les rétines qui chauffaient).

À ma béatitude, Ricky apporta sa touche d'exotisme.

« Hé hé ! Je vois que t'apprécies, little rookmoot. Bah ouais... Santa Cruz, California, quand même ! »

À l'entrée de la plage, un panneau en bois aux couleurs passées indiquait bien « Bienvenue à Moliets-et-Maa, Côte d'Argent ». Mais moi non plus, je ne m'arrêtais plus à ce genre de détails.

Et puis je le comprends Ricky, ça ne rentre pas

dans un rêve américain « Moliets-et-Maa ». Ça sonne trop polynésien. Quant à l'idée de comparer l'interminable ruban de sable blond qui s'étendait sous nos pattes et pieds à de l'argent, non mais n'importe quoi ! Il aurait été mille fois plus pertinent de parler d'or bien entendu, comme celui de la grande ruée de 1849. Et tant pis si c'était déjà pris, « Côte-d'Or ».

« Ici, continua Ricky d'un air pénétré en insistant sur chaque mot, c'est le temple du panthéon de la Mecque des seuhfeuhz.

— *Des quoi ? T'essaies de dire un mot américain avec l'accent, c'est ça ?*

— Il faut vraiment que tu comprennes ça petit quiquinou...

— *Comment tu m'as appelé là ? Quiquiquoi ?*

— Ça peut être une véritable religion, le seuhf. »

Je comprenais que tchi à ce que me racontait le grand dingo, jusqu'à ce qu'il pointe du doigt des plus dingos que lui encore : des gars qui se déplaçaient sur des vagues, debout sur des gigantesques os de seiches ! Ça devait être ça, des seuhfeuhz.

« Et cette religion n'a qu'un Dieu petit niniquou...

— *Niniquou ? Ma parole, t'es en train de choper une insolation.*

— ... la Coolitude. Yeaaahh. »

Ce disant, il tomba à genoux dans le sable, avant de s'écrouler de tout son long, la tête dans les grains. Il était en nage. Pour le coup, c'était sans conteste lui le type le moins *cool* de la plage. J'ai couru piquer une petite bouteille d'eau qu'un seuhfeuh avait laissée près de son drap de bain, et l'ai apportée illico au grand sec.

LVII

L'eau, dès qu'il l'eût bue, donna suffisamment de forces à Ricky pour ramper jusqu'à un coin d'ombre. On resta là un bon moment, silencieux dans la douceur de l'instant. En plus du seuhf, on observait les jeunes et beaux Californiens des deux sexes s'adonner au beach-volley, au frisbee, au skimboard (des gigantesques os de seiches mais complètement aplatis) et dernière nous, sur un vaste parking, au skateboard.

En Camargue, j'avais certes aperçu des étangs, des lagunes, et peut-être même un bout de mer. Mais c'est vrai que la coolitude de l'océan, c'était autre chose.

Histoire de ne briser le silence qu'à moitié, c'est en chuchotant que Ricky me fit part de quelques réflexions géoculturelles de son cru.

« Tu vois petit rouquin, chez nous c'est comme aux Stetz finalement : la côte Ouest est plus *hype*, plus à la coule, que la côte Est. De là où on vient toi et moi par exemple, dans le Haut-Rhin et en Moselle, les gens sont plus sérieux, plus stricts, plus tendus même parfois. Mais plus cérébraux aussi hein ! Bah oui c'est vrai, les seuhfeuhz qu'on a devant nous ont beau être cool, à mon avis leur Q.I. est moins élevé que les vagues qu'ils seuhfent. Cela dit, y a un truc que je respecte vachement chez les seuhfeuhz d'ici, c'est leur cohérence. Parce que dans notre pays, on adore détester les Stetz tu vois. Tout le monde se bouscule pour aller voir des films américains, télécharge des séries américaines, écoute du rap américain ou de la pop américaine. Tout le monde porte des fringues amerloques, boit du Coca, mange des hamburgers et rêve de s'installer à New York. Mais tout le monde déteste les Américains. Ils sont gros, ils sont débiles, ils sont arrogants, et cætera et cætera. C'est un sport national chez nous la chiziophrénie. Les seuhfeuhz au moins, ils sont réglos là-dessus. La chiziophrénie, c'est pas pour eux. »

Ces considérations de haute volée m'avaient presque donné la migraine. J'avais besoin de me dégourdir les papattes.

Depuis un bon moment, un Bull Terrier prenait sur la plage un plaisir fou à attraper le frisbee que lui envoyait sa seuhfeuhze de maîtresse. C'était l'occasion rêvée de laisser enfin s'exprimer la « côte Ouest » qui devait sommeiller en moi depuis toujours. Je décidai donc de m'immiscer dans le couple humano-canin.

Alors que le disque de plastoc jaune dessinait une trajectoire de rêve, je m'envolais à sa rencontre dans une verticalité idéale, tel Dick Fosbury, sous les yeux estomaqués —parfaitement, les globes oculaires possèdent m'a-t-on dit un système digestif qui leur est propre — de Ricky, de la belle seuhfeuhze au pourpre monokini, et du Bull Terrier vert de jalousie.

Jamais je ne m'étais assommé avec autant de style.

LVIII

Je repris connaissance dans un paradis incroyablement vallonné. C'est-à-dire dans les bras de la seuhfeuhze, TOUT CONTRE SES NICHONS. RHÂÂÂÂÂÂÂ. Encore flapi de son coup de chaud,

Ricky accourait mollement dans un grincement lui-même pas bien alerte. Le Bull Terrier, quant à lui, ricanait dans son coin.

« *T'as vu la tronche que tu te payes, Rantanplan ?* me suis-je surpris à penser. *À ta place je ferais pas le mariole, c'est moi qui te le dis.* »

« Il a pris le frisbee en pleine tempe ! expliqua la topless déesse.

— Oui j'ai vu ça. C'est mon écureuil...

— *Wow ! Merci Ricky ! Je suis pas une marmotte ou un cochon d'Inde aujourd'hui !?*

— ... il est un peu con parfois.

— *FAUX-FRÈRE !*

— Hi hi ! Je connais ça. Aristide peut se montrer super couillon lui aussi.

— *Aristide ! Hahaha ! Je meurs...*

— Il a l'air d'aller mieux en tout cas mon petit rouquin.

— *T'imagines même pas à quel point l'endroit est idyllique Ricky !*

— J'allais rejoindre mon *crew* sur le parking au-dessus. On va manger des Américains, ça vous dit ?

— *Manger des Américains ??*

— Euh oui ! » répondit Ricky tout sourire quand il réalisa — enfin ! — que son interlocutrice arborait librement de très épanouis attributs féminins.

Shannon avait donc un *crew*. Et ses membres portaient comme elle des prénoms anglophones, sans que je sache très bien s'ils étaient leurs prénoms d'origine, ou si les seuhfeuhz avaient — comme Éric — simplement *stetzé* ces derniers. En tout cas, ils étaient fort sympathiques tous ces Dylan, Kevin, Steven, Kimberly, et autre Cynthia. Ricky portait d'ailleurs sur eux un regard attendri. Sans doute lui rappelaient-ils Liberty.

Et puis on a donc mangé des Américains. En fait

d'anthropophagie transatlantique, il s'agit de sandwiches. Le camion-snack du parking en vendait à la tonne. Un morceau de baguette fourré de deux steaks hachés et recouvert de frites, le tout inondé de sauce aussi extravagante qu'indigeste. Un Français qui joue au Yankee, en somme. En découvrant la chose, Ricky et moi avons immanquablement échangé un sourire. Un sourire sauce mammouth.

« Et au fait, qu'est-ce que vous faîtes dans le coin, les gugusses ? s'est enquis Kevin.

— Houla, c'est une longue histoire ça ! » lui a répondu un Ricky écarlate pour cause d'incendie que la sauce avait allumé dans sa bouche.

LIX

Ricky a donc raconté notre voyage par le menu. Les seufeuhz se gondolaient régulièrement, mais impossible de dire si leur rire était à ranger rayon bon cœur ou rayon moqueur. L'un d'entre eux — je crois que c'est Steven — nous a appris qu'en se jetant dans l'océan un peu plus loin sur la plage, un cours d'eau appelé le courant d'Huchet formait une boucle dans la dune qui donnait à l'ensemble des airs de Nevada. J'avais bien aperçu l'endroit plus tôt dans la matinée, mais franchement ce qu'il y avait de plus Nevada dans les environs, c'était encore l'antique Renault break de Dylan garé à quelques mètres de là.

« Pouah ! Il fait un temps de curé. L'eau est super *flat* les gars, z'avez pas envie de *chiller* cet aprem ? proposèrent Shannon et sa paire de seins en ouvrant la porte latérale de son Combi Volkswagen.

— Graaaave ! » répondit le crew en s'engouffrant dans le véhicule, suivi de Ricky et moi-même.

Chiller constitue une activité très amusante. Il s'agit de mélanger du tabac avec les extraits d'une plante dont j'ignorais jusque là l'existence, de rouler ledit mélange dans du papier à cigarette, et de fumer le tout en rigolant. Il est à noter que le rire alors produit diffère du rire habituel. Le mien par exemple traînait plus qu'à l'accoutumée — quelque chose comme « Piiiiiiiiiiiiiiiiiiiiiit piiiiiiiiiiiiiiiiiit piiiiiiiiiiiiiiiit ! » — tandis que celui de Ricky au contraire s'en trouvait saccadé, façon Woody Woodpecker.

De leur côté gagnés par une mutuelle hilarité de type phacochère, Shannon et Kevin ont commencé à se caresser et s'embrasser avec beaucoup de viscosité. Avant de carrément glisser leurs mains dans le maillot de bain de la partie adverse. Wow ! Ces deux-là étaient vraiment nés pour chiller !

Ils nous ont foutus dehors avec un poil de véhémence. Mais sans que notre bonne humeur à Cynthia, Dylan, Steven, Kimberly, Ricky et moi n'en soit diminuée pour autant. Au contraire même.

« Hey mais ça s'est un peu levé, y a un minimum de *waves* maintenant ! s'extasia Steven en regardant l'océan. Allez les Amerloques, venez, vous allez avoir droit à votre baptême de seuhf. »

Steven a pris une longue planche sous le bras, Ricky par la main, et avec Cynthia, Dylan et Kimberly, on a tous détalé vers le rivage en gloussant. Une fois au bord de l'eau, Ricky s'est mis en slip, puis à la demande de Steven s'est assis à genoux à l'arrière de sa planche qui flottait déjà. Et sans me demander mon avis, Steven m'a collé sur le crâne de

Ricky.

« Cramponne-toi à ses veuch' ! » qu'il m'a lancé.

Pour la seule et unique fois de ma vie, l'eau ne m'effrayait plus. PLUS RIEN ne me faisait peur à vrai dire. La force du chill était en moi.

Et on est parti, à la seule force des muscles bronzés de Steven allongé à l'avant. Vers le soleil. Vers l'horizon. Vers l'inconnu. Ça sentait l'aventure. Un peu comme dans *La croisière s'amuse*.

LX

Avant même d'avoir rejoint la moindre vague, Ricky — bien qu'à genoux ! — est tombé quatre ou cinq fois à l'eau. Et moi avec, naturellement. La bonne nouvelle, excellente même, c'est que ça lavait un peu son slip. Enfin bref.

Et puis Steven nous a fait prendre notre première *wave*. Et là, la mer nous a littéralement poussés. Ricky et moi avons connu cette sensation unique de se déplacer sur un tapis volant mais flottant. La magie du seuhf opérait. Et si j'en doutais encore, Ricky en apporta la preuve définitive par la grâce d'un tonitruant :

« YOUHOUHOUUUUUUUUU ! »

Grisé par l'expérience, le grand fou entreprit alors de changer de braquet.

« Hé Steven, je vais essayer de faire du seuhf acrobatique, O.K. ?

— Ha Ha O.K., trop fun !

— *C'est quoi ça, bande de débiles !?? »*

J'ai vite compris.

Sur la vague suivante, Ricky s'est levé sur la

planche, quelques secondes après Steven. Figurez-vous que le grand couillon avait plus d'équilibre debout qu'agenouillé ! Et il a pris des poses grotesques. Des espèces d'arabesques avec une jambe en l'air, les bras écartés, ou la tête en arrière. Voire les trois en même temps. Je m'agrippais à sa tignasse comme un champion de rodéo à ce qu'il peut.

Et comme si ça ne suffisait pas, il a ensuite décidé de réaliser des portés. Il avait dû voir ça dans un clip des Beach Boys, ou d'abrutis du même tonneau. N'ayant pas de jeune femme sous la main, je vous laisse deviner qui a fait office de. Je me suis donc retrouvé balloté au bout de son bras, tantôt à gauche, tantôt à droite, tantôt en haut, tantôt en bas, tantôt à l'endroit, tantôt à l'envers.

Après ça, j'ai bien senti qu'il cherchait un finale en forme apothéose. Quelque chose d'absolu. Mais je ne m'attendais pas à un lancer vrillé. Surtout d'une telle hauteur. L'effet du *chill* devait être dissipé, car j'ai renoué avec la trouille. Et vomi mon Américain par la même occasion, dessinant une parfaite spirale de fluide jaunâtre dans le ciel, en frôlant un goéland qui passait par là.

Malgré le bruit du ressac, on entendait Kimberly exulter sur le rivage.

« Hiiiiii ! Comment je vais cartonner sur YouTube avec ça ! Hiiiiii ! »

LXI

Notre session de seuhf s'est terminée entre chien et loup, dans une lumière digne d'un spectacle de Céline

124

Dion. C'était beau comme une publicité de forfait mobile à destination des jeunes, ou de prêt bancaire à destination des jeunes, ou de clé à mollette à destination des jeunes.

Avec Ricky, une fois de retour sur la terre ferme — du sable mou en l'occurrence — on a chaleureusement remercié nos amis seuhfeuhz des Landes californiennes pour notre baptême de l'eau et de la coolitude. On a échangé des *checks*. Et tout le monde y est allé de son *Yo !* Sauf moi bien entendu, qui ai pépié mon immuable *Piiiit !*

L'heure était venue pour Éric et moi de trouver un endroit où dormir.

On a gagné la belle à pleurer forêt de *Pinus Pinaster*.

« Regarde-moi un peu tous ces séquoias géants, petit rouquin ! » ne s'y est d'ailleurs pas trompé Ricky, avant d'entonner d'une voix de fausset un pénible :

« I looooove America, I looooove America, I looooove Americaaaaahahaaaa ! »

Fière précision du foufou chantant après sa séance de torture :

« Patrice Juvet. 1978. In-dé-mo-da-ble. »

Un peu plus loin au bord du sentier était recroquevillé un homme en pleurs.

« *Ah ! Je ne suis pas le seul à avoir trouvé cette chanson insupportable !* » me suis-je réjoui. Mais non, rien à voir.

« J'en peux plus... j'en peux pluuuuuus, sanglotait le quadragénaire.

— Qu'est-ce qui vous arrive m'sieur ? se préoccupa Ricky en s'agenouillant à côté de lui.

— J'en peux plus des vacaaaAAAAnces !

— Des vacances !? s'étonna Éric.

— *Attends faut le comprendre Ricky, ça fait peut-être dix jours qu'il porte des pantacourts...*

— Je veux retourner au bouloOoOoOoOoOt !

— Houla !

— *Pareil : Houla !*

— J'en peux pluuuuus je vous dis... barbecues... vélo... accrobranche... rosé... karaoké... chuis crevéÉÉÉÉ...

— Ma parole ! Vous faîtes un *burnout* de vacances !

— Ouiiiiiihihihihihiiiiiiiiiiii... »

Ricky and me, on était complètement désemparés face à la détresse de l'homme moderne. Quel genre de conseils deux glandeurs de notre calibre pouvaient donner à un tel énergumène ? Écourter ses vacances et retourner bosser ? Impossible, on a une certaine éthique tout de même.

Heureusement, la famille et les amis du malheureux ont débarqué au même moment pour lui proposer une partie de pétanque. On s'est discrètement éloignés.

LXII

« Ow ! Ow ! Ow ! Ouch ! Ow ! Ow ! »

Avec la chaleur, Ricky s'était résolu à retirer ses sempiternelles santiags, et c'est donc pieds nus qu'il arpentait le chemin recouvert d'aiguilles de pin.

« Ouais je sais, ça fait pas très John Wayne. Mais porter des tiags quand on frôle les quarante degrés c'est tout bonnement pas humain, petit rouquin. Les cow-boys sont des martyrs, tu sais. On devrait tous les camioniser d'ailleurs. Et puis je te parle même pas des sommets de puanteur qu'on peut atteindre dans les *boots*. Quand ça chauffe, t'as l'impression d'avoir une tannerie au bout de chaque patte ! Tu peux me croire, les westerns n'auraient jamais eu autant de succès s'ils avaient été diffusés en Odorama. »

Aucun doute là-dessus, Ricky. Je te rappelle que ça fait quand même un paquet de semaines que je vis au fond d'un sac en colocation avec un pouacre slibard de cow-boy.

Entre deux *ow !* et un *ouch !*, Ricky trouvait la force de sourire. Il se souvenait de l'air amusé qu'avaient pris les seuhfeuhz en l'écoutant narrer notre épopée bancale.

« Tu vois mon rookmoot, je me dis que si j'avais un tant soit peu de courage, d'abnégation, de force de caractère, de sens du sacrifice, de fougue, de folie, de déraison, de légèreté, de fantaisie, de patience, de persévérance, d'opiniâtreté, et un soupçon de talent, eh bah je raconterais nos aventures dans un bouquin. Il doit bien falloir tout ça pour pondre un livre, tu crois pas ?

— *C'est bien possible.*

— Ce serait une espèce de roman initiatique. Comme *Candy* un peu.

— *Ah oui. De Voltaire ?*

— J'imagine mon bouquin comme une gigantesque fresque, tu vois. D'ailleurs ce serait juste ça, le titre : *FRESQUE*. Ça tape, hein ?

— *Moui. C'est pas loin d'être chouette. Disons qu'à une lettre près, je crois qu'on aurait quelque chose qui te ressemble davantage.*

— M'enfin bon...

— *Comme tu dis.* »

On a encore marché comme ça une bonne heure et demie, en s'enfonçant dans la plus belle forêt du monde. Jusqu'à trouver la clairière parfaite. Celle qui offrirait une essentielle nuit de repos à nos corps rompus, d'abord remplis par les Américains et les substances psychotropes, puis vidés par le seuhf acrobatique et la marche en plein épisode de canicule.

« J'ai mal partout, chuis complètement cuit, lâcha à juste titre la grande tige aux pieds nus... Ahlala, comme on dit : on a l'âge de ses tendons. »

LXIII

Je me suis endormi comme un bébé. Et me suis réveillé comme un MÂÂÂÂLE, même pas une heure plus tard. Une écureuille locale qui n'arrivait pas à dormir... La pauvre avait besoin de câlins et soif de galipettes. Elle m'a fait des yeux de biche auxquels je n'ai pas eu le courage de dire :

« Non, c'est gentil, jamais le premier soir, et puis on se connaît à peine, voire pas du tout, alors bon... »

C'est que la chair est faible. Et que le pinceau camarguais a ses limites.

Elle était belle et dorée, douce et parfumée. Ce soir-là, j'ai eu le privilège rare de faire l'amour à un pot de miel.

La belle disparue, et moi à peine rendormi, une deuxième coquine est venue se blottir contre moi. Elle était fine comme la bruine et bouillante comme l'été. Son accent chantant lui faisait murmurer les *Piiit !* comme personne. Mais le plus extraordinaire restait sa queue touffue dont elle se servait comme d'un boa. Son truc en poils faisait office de truc en plumes. Et mon Zizi Jeanmaire était aux anges.

Une fois la chose faite, et de nouveau rendormi, devinez-quoi... Une troisième bagatelle ! Si, c'est vrai ! Je vous le jure sur la tête de la Caisse d'Épargne !

Et le petit manège s'est répété toute la nuit. L'une après l'autre, de charmantes rouquines landaises se sont succédé dans ma couche. J'étais la coqueluche de ces dames. Le gars de l'Est. L'attraction qui venait du froid. J'étais l'exotisme.

En quelques heures, j'ai sans doute plus copulé qu'en plusieurs années. Et de bonsaï, mon arbre généalogique s'est transformé en baobab.

Une nuit de rêve, véritablement.

Même qu'au petit matin, la Lune avait apporté son croissant.

Je me suis levé et pour une fois, c'est moi qui chantonnais de bon cœur. Les paroles de « I'm just a gigolo » tournaient en boucle dans ma petite caboche tandis que je me délectais des pignons sapidissimes d'un spécimen esseulé de *Pinus pinea* parmi les *Pinus pinaster*. Mon Dieu que c'était divin ! Surtout après toutes les peu diététiques nourritures humaines dont j'avais abusé ces derniers temps.

Les premiers rayons du soleil traversaient la forêt, rendant les ombres des conifères — eux-mêmes à peine mesurables — plus démesurées encore. Je me souviens que sur le sol, les traits noirs s'étiraient comme des chewing-gums. Vision splendide.

Et puis un de ces traits noirs s'est mis à bouger. C'était l'ombre de Ricky. Qui lui-même était l'ombre de lui-même.

Autant j'étais crevé mais heureux, autant il semblait évident que lui était crevé mais crevé.

LXIV

Une nuit de sommeil n'avait pas suffi à mon brave ami. Trop d'excès, trop d'efforts, trop de chaleur. Et surtout, surtout, pas assez d'eau. Faute de stock, il n'avait rien bu depuis la veille. Déshydratation complète. La peau brûlée par le soleil et plus décharné que jamais, il avait des allures de banane séchée.

Je dois avouer qu'à ce moment-là, le métabolisme de Ricky était le cadet de mes soucis. Je flottais sur mon petit nuage composé à quatre-vingts pourcents d'orgasmes répétés et à vingt pourcents de pignons célestes.

« Je vais voir si je trouve pas quet'chose à avaler dans les environs, qu'il m'a lancé en chancelant.

— *Tu veux pas deux ou trois graines d'éden, el gringo ?*

— Je t'aurais bien piqué deux-trois quignons de pin, petit rouquin. Mais c'est vraiment pas ma tasse d'été. »

Et il est parti comme ça, entre les pins, à grandes et fragiles enjambées. Il ressemblait à cette statue d'Alberto Giacometti. Les grincements en plus. De retour une bonne demi-heure plus tard, il tenait un petit fagot de maigres tiges vertes à la main.

« Vise-moi ça, Cohn-Bendit ! J'ai trouvé des asperges sauvages ! Ça m'abreuvera un peu en attendant de dégotter de la flotte. »

Que nenni oui. Au lieu de l'hydrater, les asperges — qu'il a de plus ingérées crues — l'ont définitivement vidé quelques heures plus tard. « Par les voies naturelles inférieures », pour reprendre une

130

prude terminologie médicale. Le fieffé fou avait fait fi de l'effet des fibres.

Le soleil affichait quinze heures. Ricky s'est allongé de tout son long, sur le flanc, l'écume aux lèvres. Il semblait à l'article de la mort (qui selon toute vraisemblance grammaticale doit être « la »). Je réalisai alors que depuis les premières heures du jour, je n'avais pas bougé le petit orteil pour lui. Un sentiment de culpabilité m'a envahi. Et il était incoercible. Excusez du peu.

LXV

Je suis petit. Je suis rouquin. J'ai de longues dents plutôt moches et une paire d'ailes dans le dos.

Mais ce n'est pas très grave. Vu que je suis un écureuil ange gardien.

Voilà. Je me suis suicidé.

Je me serais bien défenestré. C'est un joli mot je trouve. Mais faute de fenêtre sous la main, je me suis bêtement jeté dans le vide du haut d'un magistral *pinus pinaster*. Pour m'écraser telle une fiente sur une large pierre, sous les yeux mi-clos de mon Ricky mourant.

J'ai remercié Dame Nature de ne pas m'avoir fait naître écureuil volant. J'aurais probablement dû m'y reprendre à plusieurs fois. Et ça aurait été moche. Là, mains dans le dos et tête la première, j'ai connu une chute sublime. Ma vie toute entière n'a pas défilé comme j'aurais pu le croire. Simplement les dernières heures. L'éclat des Landes. La magie des cimes. Le parfum des pignons. Et les feux de l'amour.

Je SAVAIS que j'avais fait le bon choix. Que jamais plus de ma vie je n'aurais connu pareille plénitude. Que j'abhorrais l'idée de mourir arthritique. Que ma descendance était assurée. Que surtout, surtout, Ricky était à l'agonie. Et que je pouvais d'un spectaculaire plongeon le ramener à la vie en lui offrant un repas salvateur constitué de ma chair sacrificielle. Car oui, elle était là, ma véritable intention. Le saut de l'ange donc. Littéralement.

J'avais auparavant pris soin d'édifier à proximité du gisant un splendide tas de pommes de pin sèches à souhait qui ne demanderaient qu'à s'embraser par la grâce et la pierre de son Zippo (Zippo que j'avais placé bien en évidence). J'avais également de mes quenottes affûté une fine branche de chêne noir. De manière à la transformer en pic à brochettes qui, une fois enfoncé verticalement et pointe vers le haut dans un pore de la large pierre, verrait s'empaler à soixante kilomètres par heure un petit écureuil à la bouche bée.

J'ai super bien visé. Ça a fait *zvvvvvvvv !* et *SPLOUATCH !* Ce qui a eu le mérite de sortir Ricky de sa torpeur. Et même si j'étais à la fois mort, embroché, tête en bas et crâne explosé, il a fini par me reconnaître.

« PETIT ROUQUIN ! qu'il a hurlé à voix basse dans son état semi-comateux. Mais qu'est-ce que t'as foutu !? T'as de la cervelle en bouillie qui sort de partout. On dirait JFK. Ou pire : un jackaflotte ! »

LXVI

Ce qui est formidable avec le PAF, c'est qu'il regorge d'émissions pseudo-scientifiques. Mes préférences vont j'ignore pourquoi vers celles qui s'intéressent à la cryptozoologie. Et c'est grâce à l'une d'elles que je j'ai eu le bonheur de découvrir l'existence du jackalope (et pas « jackaflotte », mon pauvre Ricky...). Ou plutôt sa non-existence. Car le jacktalope est une bestiole imaginaire qui a longtemps animé les débats zoologiques au États-Unis. À mi-chemin entre le lièvre et l'antilope, disons qu'il ressemble à un lapin cornu. Très rarement aperçu, on racontait que les cow-boys l'entendaient parfois chanter le soir autour du feu, puisque l'animal était réputé imiter parfaitement la voix humaine. Rien que ça.

Si vous vous demandez comment je peux être en mesure de vous délivrer toutes ces fascinantes informations alors que je suis censé avoir cassé ma pipe, sachez que c'est très simple. Mais tenez-vous bien, hein.

Z'êtes prêt ? Alors voilà : la mort n'est pas une fin en soi.

Hé hé. J'aurais moi-même jamais cru un truc pareil de mon vivant. Et pourtant. Une fois décédé, une fois débarrassé de son enveloppe corporelle plus ou moins seyante et confortable, l'esprit se libère. Incroyable n'est-ce pas ? Mais attention ! Je n'ai pas parlé d'âme ou de je ne sais quelle bondieuserie. Non. Trois fois non. Bullchips ! comme dirait Ricky. Ce que je vous explique là, c'est suprêmement sérieux. L'esprit se libère disais-je, et vous voilà alors témoin du monde. De tout. Partout. Après évidemment, libre à vous de croire ou non les révélations *new age* transmises depuis l'au-delà par un écureuil prolixe.

En tout état de cause, je ne vous cache pas que j'ai accueilli le phénomène comme une heureuse nouvelle. Cette continuité allait me permettre de ne jamais quitter vraiment Éric. D'observer aussi plus largement la folie des hommes (dernière preuve en date de votre manque de discernement les gars : sur la page Wikipédia qui vous concerne — celle de l'*homo sapiens* donc — vous vous considérez comme une espèce dont le statut de conservation fait l'objet d'une « préoccupation mineure ». Ma parole, vous ignorez encore que vous courez à votre perte !? Bande de bachi-bouzouks).

Autre avantage non négligeable de cet état nouveau dans lequel je me trouve : personne ne me fera remanier ces lignes. Mon manuscrit ne sera point changé d'une virgule. Parce que mon esprit a beau être toujours présent, je n'en reste pas moins M-O-R-T. Et je suis désolé, mais on ne demande pas à un auteur mort de retoucher son texte. C'est comme ça.

Enfin j'espère.

LXVII

À propos, ça m'amuse d'imaginer la tête de Ricky dans quelques mois en découvrant *PRESQUE* dans la boîte à lettres du Sarrebowling (il aura été envoyé par un tiers à ma demande).

« Qu'est-ce que c'est que ce bidule !? Un ROMAN ? Qui est-ce qui peut bien m'envoyer un truc pareil ? Quelle idée *so grenu* ! »

Car depuis qu'il avait lu — probablement au collège — cette pièce de théâtre de Jean-Baptiste Gobelin avec ce Monsieur Jourbain, et *Des hommes et des souris* écrit par le morceau de steak, je ne mettrais pas ma main à couper que le bonhomme ait rouvert un livre un jour. Ou alors un ouvrage du type *Bowling, Trucs & Astuces de Champions*.

Quel pseudonyme allais-je bien pouvoir adopter pour signer cet ouvrage majeur de la littérature mammifère ? De la même manière que *PRESQUE* fait écho au *FRESQUE* qu'avait fugacement envisagé d'écrire Éric, je trouvais séduisante l'idée d'un prénom en forme de clin d'œil à celui auquel le cow-boy m'avait plusieurs fois comparé. Je veux parler de l'amateur de sieste et de choucroute. Le bienheureux Ronald. Je trouverais bien quelque chose d'approchant. Quant au patronyme, qui doit exister sans en avoir l'air, je choisirais le plus passe-partout d'entre tous.

Bon. Tout ça est bien joli. Mais il faudrait peut-être d'abord le terminer ce bouquin. J'écourte donc ce chapitre digressif.

Et retour à l'ACTION.

LXVIII

Dans l'étouffante ardeur d'une après-midi landaise, je m'empalai donc violemment à la fois sur une brochette de fortune et sous le nez d'un Ricky au seuil du trépas. J'avais passé la ligne d'arrivée avant lui. Pfiou ! Coiffé au poteau !

Le temps de retrouver ses esprits — ou au moins une partie — et il fit une rapide analyse de la situation :

1. Il était sur le point de crever de faim.
2. Un écureuil embroché, en la personne de petit rouquin, lui était *stricto sensu* tombé du ciel.
3. Son Zippo piaffait d'impatience d'incendier un monticule de pommes de pin d'un simple claquement de doigts.

Si elle exista, l'hésitation de Ricky ne dura pas plus de quelques millisecondes. Zéro scrupules. Et la perspective de se sustenter d'un écureuil rôti dans la droite lignée des pionniers yankees libéra dans ses veines l'adrénaline nécessaire pour se relever, allumer le bûcher, peler ma carcasse et en assurer une parfaite cuisson.

J'avoue sans peine avoir connu un léger trouble en voyant ainsi mon corps sans vie autant que sans peau caraméliser lentement mais sûrement dans un tournicoti sans fin. Assez bêtement, je me sentais quelque part solidaire de Jeanne d'Arc.

Ricky dévora ensuite le morceau de charbon qu'était devenu ma dépouille. Sauvagement. Il revenait à la vie, avec son corollaire la barbarie. J'avais indiscutablement l'air délicieux. Pas une seule fibre de ma tendre chair n'échappa à la gloutonnerie du renaissant. Après démembrement, mon squelette fut même suçoté avec force aspirations. De vigoureux *slurRRp !* parcouraient la forêt, provoquant une crise de panique sans précédent chez les vers de terre qui criaient au sanglier. Car oui, les vers de terre peuvent crier. Y a pas de raison. Et oui, les sangliers raffolent des lombrics, chacun ses déviances, on ne juge pas s'il vous plaît, merci.

Quand il fut rassasié et de retour à la vie pour de bon, Ricky jeta un regard satisfait sur le tas de pièces détachées en lequel s'était transformé votre serviteur : une fourrure, une carcasse, une boîte crânienne éclatée et une foultitude de petits os qui constituaient jadis mes pattes.

« Tu sais petit rouquin *(Me dis pas que tu vas continuer de t'adresser à moi comme si de rien n'était Ricky !)*, j'ai souvenir qu'il y a bien une recette de cochon d'Inde sauté à l'ail et aux cous de girafes *(tu voulais dire clous de girofle peut-être ?)* dans *Je sais faire la cuisine*, le bouquin de Jeannette Matthieu. Mais ça m'étonnerait qu'elle arrive à la cheville d'un basique comme çui dont je viens de me régaler là. T'étais vraiment exquis juste grillé au naturel, tu sais *(Haaaaan ! Il continue ! Mais arrête de me parler comme ça. T'es définitivement cintré !)*. Et puis je crois pas que Jeannette Matthieu propose de manger la cervelle comme je l'ai fait pour imiter les Appalaches *(je vous avais épargné ce détail)*. »

Il prit ma carcasse entre ses mains et l'observa sous toutes les coutures avec une contrariété évidente.

« Punaise, où qu'il est l'os à souhait sur ce bordel ? »

LXIX

Qu'Éric me confonde régulièrement avec n'importe quel autre rongeur, passe encore. Je pouvais facilement mettre ça sur le compte d'un sens de l'approximation épanoui, voire en pleine expansion. Mais me prendre pour un gallinacé, me chercher une furcula ! Je dois reconnaître que l'hypothèse d'une forme de folie naissante semblait chaque jour un peu plus plausible.

Hypothèse qui se renforça encore quand le grand zouave se campa sur ses deux longues jambes, tendit le bras, et pointa un petit morceau de bois vers un personnage imaginaire censé lui faire face.

« Tu vois mon pote, qu'il lui dit en toisant le vide. Le monde se divise en deux catégories : ceux qui ont un pistolet chargé, et ceux qui creusent. Toi, tu creuses. »

Il jeta alors le bout de bois avant — *couic couic* — d'aller jouer le rôle du deuxième lascar d'une grinçante enjambée. Là, prenant un air apeuré, il se mit à quatre pattes et commença à creuser l'humus avec sa gamelle. J'en restais coi.

Une fois que le trou eut atteint une taille jugée suffisante, Ricky quitta son double rôle, se saisit de ma queue et se redressa fièrement. Avec des trémolos plein la voix et du mucus plein les narines, il s'adressa alors à ma rousse extrémité.

« Je t'oublierai jamais mon petit rouquin *snirf*. Notre rencontre. *Snirf*. Tu m'avais évité de m'empoisonner avec ce champignon venimeux, tu te souviens ? *Snirf*. Et puis les trains, tous ces trains... tous ces endroits qu'on a parcourus ensemble. La route *snirfy*-six, le Colorado... Nos fous rires... Le Wyoming, et puis encore le Colorado, et puis le Texas. Tous ces gens bizarres qu'on a croisés aussi... Et puis l'Arizona... Jusqu'ici, en Californie. Le far west quoi *snirf* ! T'es mort mais t'es arrivé sur la côte Ouest petit rouquin. You tit it ! Tu vois, c'est pour ça que j'ai *snirf* voulu rejouer cette fameuse scène de ce fameux western ravioli. *Le blond, la brune et le truand* qu'il s'appelle. Pour te rendre hommage. *Snirf*. Tu sais, cette épopée américaine *snirf*, c'est aussi à toi que je la dois mon rookmoot. Les Stetz c'est mieux à deux hein *snirf*. Et puis ce plongeon olympique *snirf* que t'as fait pour me sauver la vie ! T'as sauvé la vie d'un vaurien petit rouquin, tu te rends compte ? C'est pas commun quand même... J'oublierai jamais tout ce que t'as *snirf* fait pour moi. Tout ce que t'as ÉTÉ pour moi. *SNIRF*. Jamais. »

Sur ces belles paroles, il a balancé mes restes dans la sépulture. À l'exception de ma queue qu'il souhaitait visiblement garder en souvenir (il s'était de toute façon accommodé de mes puces depuis bien longtemps).

Et avant de reboucher le trou, il y a jeté un gland. J'ai trouvé ça mignon.

« Comme ça, il sera toujours à mes côtés » ai-je interprété.

LXX

Le soleil avait commencé sa lente descente vers l'horizon. Et même s'il caressait encore les pins de ses mains pleines de rayons, sa chaleur se faisait moins écrasante.

Voilà, Ricky allait donc pouvoir reprendre son grand voyage américain. Mais pas aussi seul qu'il en avait l'air. Parce que mon esprit vagabondait toujours à ses côtés. Et parce qu'il parlait toujours à ma défunte queue, comme si elle n'avait jamais cessé d'être reliée au reste de mon corps, qui n'aurait jamais cessé d'être vivant. Et en cela, je dois reconnaître qu'il n'avait pas complètement tort, le Ricky. Car curieusement, mon esprit s'y sentait encore plus ou moins connecté, à ma queue. Un peu comme ces amputés qui racontent toujours ressentir leur membre manquant. Brrr.

Il avait d'abord songé à la suspendre à sa ceinture, ma flamboyante crinière caudale, comme un vulgaire porte-clé Esso en queue de tigre synthétique des années quatre-vingt-dix. Mais il s'était ravisé et — flattant mon ego — avait finalement préféré la suspendre à son cou, en pendentif, à l'aide de quelques franges de sa veste qu'il avait arrachées et nouées entre elles. L'idée me semblait lumineuse. Quoi de mieux qu'une fière queue d'écureuil pour redonner un peu de PANACHE à un homme déboussolé ?

« Hé hé ! se félicita l'animal. Me v'là comme Davy Rocket avec sa queue de castor ! »

Mouais. Sauf que c'était une queue de raton laveur, Éric. Et qu'elle pendait derrière sa tête, pas devant. Il ne me semble pas que Davy Crockett ait jamais eu le roi Dagobert pour aïeul.

Peu importe, il était temps pour Davy Ricky-Rocket de rejoindre la voie ferrée. C'est qu'il avait encore du pays à visiter avant de retourner à la triste réalité de Sarrebourg. Il grimpa donc dans un wagon de marchandises d'une cabriole que Rémy Julienne aurait éternellement reniée. Puis il s'assit sur le sol contre une cloison en fredonnant un célèbre air de

The Mamas & the Papas, avant de sortir son carnet de sa poche.

Ça faisait un petit moment.

California Rookmoot
(Éric Alterstruff / John & Michelle Phillips)

« Des pins des Landes
En veux-tu en voilà
Bienvenue au pays de la glande
À Moliets-et-Maa

Refrain :
California rookmoot
Mon compagnon de route
California rookmoot
Ici on se chouchoute

Premier contact avec l'océan
Mon Dieu c'est géant
Premier contact avec un frisbee
Un sacré choc aussi

Refrain :
California rookmoot
Mon compagnon de route
California rookmoot
Moins solide qu'un mammouth

Coquin comme personne
Tu te pelotonnes

Tu miaules, tu ronronnes
Entre les seins de Shannon

Refrain :
California rookmoot
Mon compagnon de route
California rookmoot
T'en perds pas une goutte

On en voulait de l'Amérique
Alors on en a bouffé
Deux gros steaks hachés
Avec de la sauce qui pique

Refrain :
California rookmoot
Mon compagnon de route
California rookmoot
Se bâfrer coûte que coûte

La coolitude des seuhfeuhz
Leur humeur joyeuse
Sort tout droit de la fumée
D'un drôle de calumet

Refrain :
California rookmoot
Mon compagnon de route
California rookmoot
Pas vrai que ça schmoute ?

C'est l'heure du baptême
De seuhf acrobatique

Wow qu'est-ce que j'aime
Te transformer en Spoutnik

Refrain :
California rookmoot
Mon compagnon de route
California rookmoot
Perds pas ta moumoute

Plus loin dans la forêt
Les femelles de ton espèce
Ne t'avaient au grand jamais
Montré autant de tendresse

Refrain :
California rookmoot
Mon compagnon de route
California rookmoot
Il te les faut toutes

Moi de mon côté
Complètement déshydraté
J'aurais dû crever
Au fin fond des You-Esse-Hé

Refrain :
California rookmoot
Mon compagnon de route
California rookmoot
La vie c'est pas *cute*

Un cadeau tombé du ciel
Un rosbif sans ficelle

Ta cervelle en bouillie
Pour que je revienne à la vie

Refrain :
California rookmoot
Mon compagnon de route
California rookmoot
Mon sauveur, mon casse-croûte

*Tsoing-tsing-tsong-tsoing-tsoing-tsun-tsoooooing-
tsing-tsoin-tson-tsoong-tsing-tsing-tsouiiiing-tsoing-
tsoing (solo de guimbarde)*

Je garderai de toi
Des souvenirs, beaucoup
Et le parfum d'un putois
Autour de mon cou

Refrain :
California rookmoot
Mon compagnon de route
California rookmoot
T'es comme une troisième boot »

LXXI

En remontant le corridor *Atlantic*, Ricky tenait une sacrée patate. À croire qu'en m'ingurgitant, il avait acquis cette fameuse et mystique force que des Indiens d'Amérique prêtaient aux écureuils. Et les moustiques devaient partager l'avis des Sioux, tant ils perçaient avec frénésie le cuir du cow-boy. Bien sûr, elles le démangeaient terriblement le Ricky, ces piquouses de misère. Mais elles étaient à ses yeux autant de morsures de crotales et de piqûres de scorpion. Une ribambelle de médailles.

En bon *hobo* foutraque, Ricky avait en outre décidé de se laisser pousser la barbe. Mais alors que ses cheveux étaient châtain, celle-ci affichait d'inattendus reflets roux. Ricky était plus troublé que surpris. Une fusion moléculaire génétique entre lui et petit rouquin s'était-elle produite après qu'il eût avalé quelques unes de mes cellules ? Un peu comme dans *La Mouche* de David Cromemberg ?

Éric avait beau donner l'impression de parfois tremper un orteil dans les brumes de la démence, lui était persuadé d'y voir plus clair. Son périple remplissait l'office qu'il lui avait alloué sans trop y croire. Il baissa les yeux vers son torse et c'est à mon appendice qu'il en fit la brillante démonstration.

« Laisse-moi t'expliquer un truc petit rouquin. Un truc sérieux. Un truc de bowling. Au bowling tu vois, la piste est copieusement cirée sur les premiers mètres. Mais beaucoup moins ensuite. Ce qui permet à la boule, après avoir glissé en espèce d'aquaplaning, d'enfin contrôler sa trajectoire. Eh ben je crois que c'est exactement ça qui m'arrive. Je traînais ma peine comme un boulet à Sarrebourg. Et pis j'ai décidé de me lancer. Alors les premiers mètres qu'on a parcourus toi et moi, il faut reconnaître qu'ils étaient pas toujours bien maîtrisés hein. Mais là ça y est, je crois que j'ai dépassé le point de rupture — le point de rupture à mon avis c'est quand t'as clamsé. Bref, la fin de ma traversée des Stetz, ça va être du billard maintenant. Réglée comme du papier à cigarette. Et ma vie, elle va se finir en *strike*. BOOM ! »

Après ça, il s'est mis à chanter. Ça racontait qu'il vivait comme une boule de flipper, qui roule, qui roule...

C'était épouvantable.

LXXII

À bord de ce train qui venait d'Espagne, Ricky espérait bien tomber sur quelque comestible vaguement tex-mex. Des tacos. Des burritos. Ou des nachos. Mais non, rien de tout ça, Ricky l'avait dans l'os. À défaut, il était prêt à se rabattre sur de la boustifaille d'hidalgo. Des pintxos. Un chorizo. Voire du manchego. Mais là encore, pas de pot. Ce qu'on appelle un coup de fourchette dans l'eau.

Son estomac criait famine (le langage gastrique n'étant en réalité pas aussi explicite, il se contente généralement d'un obscur « Gargblrgblbl »). Qu'à cela ne tienne, Ricky se sustenterait sur le plancher des vaches. Il enfila donc son sac U.S. et sauta de son wagon en rase campagne. Et c'est avec une certaine maestria qu'il renoua avec l'art du consternant roulé-boulé.

Après avoir marché quelques centaines de mètres, il tomba nez à nez sur un splendide champ d'épis de maïs à parfaite maturité. En plein été. Miracle de l'agriculture intensive. Après les morilles-marshmallows et la viande d'écureuil, Ricky allait à nouveau pouvoir s'offrir un classique de la grillade yankee au coin du feu.

La nuit était tombée. Et Ricky regardait son épi de

maïs brunir au-dessus des flammes l'air songeur. En caressant ma queue.

« Ah mon petit rouquin... Sans toi à mes côtés, les autodafés n'ont pas la même saveur tu sais. Enfin... t'as eu une mort rapide, nette, sans souffrance. C'est déjà ça. Moi aussi j'espère partir d'un coup, le jour J. Ou le jour L ou M hein, pas obligé que ça tombe un jeudi. Bref. Partir subitement en tout cas. Une mort stupide tant qu'à faire. Quand Liberty était gamine, je m'amusais à casser la coquille des œufs durs en les frappant sur ma tête pour la faire rigoler. Ça loupait jamais. Eh bah tu vois, si un truc aussi bête pouvait me provoquer un AVC fatal, je serais le plus heureux des hommes décédés. M'enfin... »

Son épi était maintenant cuit. Il le rongea tant bien que mal.

« Ch'est bon chette connerie. Mais che cherait quand même plus chimple chi j'avais des ratiches de ton echpèche. »

LXXIII

Était-ce l'atmosphère particulière que conférait la pleine lune à la nuit ? Était-ce ce phénomène bien connu de la panse bien remplie qui pousse à l'épanchement ? Toujours est-il que c'est ce soir-là qu'Éric me confia son secret. Le secret de son histoire personnelle. La clé de douze qui allait me permettre de mieux comprendre la mécanique de sa psyché. Roulements de tambour s'il vous plaît.

« Tu sais petit rouquin, j'ai un secret à te confier *(Qu'est-ce que je vous disais !)*. Un truc que j'ai jamais osé te raconter de ton vivant. Question de pudiquitude *(pudeur nan ?)*. Mais maintenant que t'es plus là *(détrompe-toi Ricky)*, maintenant que t'es plus qu'une touffe de poils qui schlingue *(Oui bon ça va hein)*, eh bah c'est plus facile pour moi. Alors voilà. Il se trouve que j'ai jamais connu mon père. Parce que mon père, c'était un militaire américain installé à Woippy à la fin des années soixante figure-toi. L'U.S. Army avait un camp militaire là-bas. Une espèce de centre de ravitaillement pour les troupes amerloques basées un peu partout en Europe à ce moment-là. C'était la guerre froide je te rappelle hein. Le bloc occidental d'un côté, le bloc communiste de l'autre *(Oui oui O.K., ne t'égare pas s'il te plaît)*. Mais bon, je m'égare là *(Merci)*. Ah oui je sais pas si je t'ai pas dit, mais Woippy c'est un village en Moselle. Ma mère travaillait là-bas à cette époque. Elle était boulangère. Et arriva ce qui devait arriver : un jour mon père entre dans la boulangerie et tombe sous le charme de ma mère et de ses bretzels, qui elle tombe sous le charme de mon père et de son uniforme. Un coup de foudre pâtissier en somme. Au passage tu remarqueras qu'un bretzel, ça a une forme de cœur hein. Bref, tout ça pour dire que c'est l'amour fou — même si ma mère ne cause pas plus anglais que mon père français, mais bon pas besoin de parler la même langue pour parler le même langage, c'est pas à toi que je vais expliquer ça petit rouquin. Et bingo ! Ma mère tombe enceinte ! Seulement voilà, la mission de mon père en France touchait à sa fin. C'était la quille — rien à voir avec le bowling petit rouquin, c'est une expression. Il devait rentrer aux Stetz retrouver sa femme. Eh oui, c'est là que ça coince. Mon père était marié ! Et il avait rien dit à ma mère jusque là, le kaki bougre ! Il est donc sorti de la vie de ma mère comme il y était entré. D'un claquement de bottes. Et ma mère, il ne lui restait plus que ses yeux pour pleurer, et bientôt un lardon pour se consoler. Et puis ensuite ma mère n'a plus jamais eu de nouvelles de mon père. Jamais. Silence radio... »

Bah dis donc ! Ça c'est du pathos ou je m'y connais pas !

LXXIV

Le Ricky avait terminé son grand déballage la larme à l'œil (ce qui donnait au maïs le petit goût salé qui lui manquait).

Évidemment, tout s'éclairait dans la nuit. La fascination de Ricky pour l'Amérique n'était pas tombée de nulle part. Mais bel et bien d'un B-52, en la personne de son géniteur yankee. Et le Buffalo Grill, la guimbarde, la Méhari vue comme une Jeep, le bowling, le Zippo, les westerns, les cow-boys et les Indiens, cette improbable veste à franges... TOUT le folklore propre à Ricky était lié à ce père qu'il n'avait jamais connu. À cette Amérique fantasmée.

En tout et pour tout, son père n'avait laissé que deux choses à Éric.

La première est son prénom.

« If it's a boy, call him Eric, qu'il avait juste dit à sa maîtresse avant de disparaître.

— And if it is not a boy ? questionna cette dernière entre deux sanglots dans son anglais balbutiant.

— If it's not a boy, then it's a girl. » qu'il lui répondit en souriant.

Éric était un prénom à la mode dans ces années-là, mais Éric — ou plutôt devrais-je désormais écrire Eric — a toujours vu dans ce choix la volonté assumée de son père de lui transmettre un peu de son amERICanité. Ricky le Ricain donc.

« Et qu'est-ce que tu dis de ça ? En anglais quand je me présente ça donne carrément I *AM ERIC* Alterstruff, petit rouquin ! » qu'il m'a même expliqué pour finir de me convaincre.

Sa mère se montre plus perplexe sur ce point. Il faut dire qu'après avoir éperdument aimé son G.I., elle l'a formidablement haï. Elle s'est sentie tour à tour trahie par son mensonge, puis lâchement abandonnée par son retour dans son *home sweet home*. Avec les années, cette haine s'est certes petit à petit transformée en inimitié. Et triste effet collatéral, l'aigreur qu'elle a par la suite développée en devant élever seule Ricky n'a jamais facilité leur relation mère-fils.

« À propos petit rouquin, a ajouté Ricky, si je dois mon prénom à mon père, t'auras deviné que mon patromime, c'est de ma mère que je l'ai hérité hein. Alterstruff, ça sent plus le baeckeoffe que le cheeseburger. »

La deuxième chose que Daddy-pas-cool a laissée à son fils — ou plutôt à son embryon — avant de retourner chez l'Oncle Sam, c'est cet écureuil en peluche dont il m'avait déjà parlé le soir de notre rencontre, alors que nous faisions connaissance autour du feu. Je comprends mieux son attachement à l'objet, qu'il en ait fait son doudou. Je comprends évidemment mieux aussi pourquoi il m'a tout de suite trouvé attendrissant. Et je comprends même pourquoi il a décidé de suspendre une partie de ma dépouille à son cou. Une manière de retrouver le réconfort d'une madeleine.

Même si O.K. Eric, je le concède, on a connu madeleines à l'odeur autrement plus agréable.

LXXV

Il y a quelques années, j'ai eu le bonheur de croiser dans ma clairière natale un écureuil japonais. Parfaitement, un *sciurus lis*. Il avait fait le voyage depuis Yokohama dans les valises de ses "propriétaires" venus travailler sur le vieux continent. L'idée de se séparer de ce petit rongeur qu'ils avaient patiemment apprivoisé leur était inconcevable. Et c'était réciproque. Akamaru — le veinard avait été gratifié d'un prénom — n'aurait pas quitté ses amis humains pour tous les daifukus du monde.

« Tu sais, m'apprit-il ce jour-là, déjà du temps de la Rome antique, les femmes se choisissaient parfois des écureuils apprivoisés pour animaux de compagnie. »

Ahhhhh... rêvassai-je, que n'aurais-je point donné pour me draper dans la douce tunique d'une Méditerranéenne au corps brûlant, bercé par le cliquetis de ses bijoux, et caressé par de longues mèches de cheveux à qui une fine poudre aurait donné les reflets azurés des cieux et de l'onde...

Où en étais-je ? Oui, Akamaru donc. Eh bien Akamaru — qui connaissait décidément un paquet de choses — m'expliqua les subtilités du *kintsugi*. C'est l'art de réparer des céramiques cassées en en recollant les morceaux à l'aide d'une laque teintée de poudre d'or. L'art de sublimer un accident en somme.

Pourquoi diable je vous parle de tout ça ? Tout simplement parce qu'à mes yeux, Eric s'était sans le savoir auto-administré un *kintsugi*. Une reconstruction magnifique. Ce père inconnu qui l'avait abandonné, le laissant probablement dévasté, détruit en mille morceaux comme un puzzle Ravensburger. Cette blessure profonde, cruelle, dévastatrice. Eric l'avait TRANSCENDÉE. En s'inventant une américanité propre. Branque certes. Fantasque, on ne dirait moins. Mais quelque part sublime. Et salvatrice.

Pour ma part, je m'imaginais recoller, de mon vivant, un morceau cassé d'une de mes dents de porcelaine en pratiquant le *kintsugi*. Des traits dorés auraient alors zébré ma longue incisive. Me transformant en œuvre d'art. Me rendant d'un coup d'un seul irrésistible auprès de la gente écureuille. Alléluia. Ma vie en aurait été bouleversée.

Car moi aussi, j'avais souffert, j'avais dû me reconstruire. Car moi aussi, je n'avais jamais connu mon géniteur. Car moi aussi, j'avais entretenu des relations pour le moins compliquées avec ma génitrice. Car moi aussi j'avais traversé une *mid-life crisis* comme ils disent les Ricains chers à Ricky. Car moi aussi, j'avais galéré avec les mignonnes. Et en plus, pire que de voir sa progéniture s'éloigner inéluctablement de soi, je n'avais carrément jamais eu le bonheur d'en avoir une, moi, de progéniture. Abyssal chagrin.

Bon bah... moi qui voulais éviter le grand déballage de ma vie privée, c'est la deuxième fois que je me fais avoir.

M'enfin bon, là au moins j'ai fait ça post-mortem. C'est un peu plus digne.

LXXVI

Ricky a continué sa remontée vers le nord le long du corridor *Atlantic*. Et il est descendu de son wagon de marchandises gare Montparnasse. Paris nous ouvrait ses larges bras (qui sentent un peu du dessous, mais c'est un autre problème).

« Et voilà petit rouquin, qu'il a lancé à ce qu'il en restait, nous y v'là. La capitale ! New York ! »

New York, capitale ? Arrivé à un tel niveau, on ne pouvait même plus parler d'approximation. C'était du génie.

Ricky déambulait aux abords de la gare à la recherche d'un bus qui le mènerait vers la destination qu'il avait en tête.

Autant en rase campagne, il pouvait passer pour un inoffensif vagabond, autant il sautait aux yeux que dans les rues de Paris, tout le monde le prenait au mieux pour un SDF. Et au pire pour un punk à chien sans chien. Ou plutôt un punk à rat qui serait en fait une queue d'écureuil. La ville est sans pitié.

Cela dit, il faut bien reconnaître qu'Eric, depuis la Californie, s'était passablement clodoïfié (si vous m'autorisez ce néologisme qui me semble plus affectueux que « clochardisé »). Peut-être ma mort l'avait-elle plus affecté que je n'aurais pu le croire. Il avait définitivement choisi de ne plus se laver. Son slip de rechange avait terminé dans une poubelle. Sa barbe fournie aurait fait pâlir de jalousie le pourtant très rouge Karl Marx — barbe qui au passage faisait office de garde-manger pour une foule de petits insectes tous plus dégoûtants les uns que les autres. Et ses cheveux s'étaient rassemblés en un énorme et unique *dreadlock* qui lui donnait un faux-air de sâdhu.

Eric patienta trois bonnes minutes à un passage piéton avant d'enfin pouvoir traverser. C'était pourtant pas faute d'avoir pressé une petite vingtaine de fois sur le bouton « APPUYER ICI POUR TRAVERSER ». Une arnaque sans nom que ce dispositif censément moderne, qui avait mis Eric dans une colère qu'on pourrait qualifier de préhistorique. Augmentant de par le fait la noirceur des regards dans sa direction.

«ROGNTUDJÛ ! » s'amusa-t-il à grogner pour terrifier le bourgeois.

LXXVII

Même s'il avait l'apparence d'un gros ours mal léché des forêts humides de l'Oregon, Ricky se sentait en réalité gai comme un pinson. À croire que la liberté qu'il avait octroyée à ses différentes zones pileuses l'avait lui-même épanoui. Et c'est en sifflotant — à quelques fausses notes près — une parfaite version de *Tiens, voilà du boudin* qu'il s'installa au fond du bus soixante-dix. Sous les regards toujours plus de guingois de Parisiens inquiets.

Moi, c'était la première fois que j'étais confronté à

cette espèce, le *Parisianus stressus*. La ville en grouillait. Des hommes et des femmes en costume ou tailleur, qui pianotent frénétiquement sur des petits rectangles noirs ou blancs. Dans le bus, leur voiture, à vélo ou à pied.

« On appelle ça des smartphones petit rouquin. Un engin qui te permet d'envoyer des messages pas franchement indispensables. En plus quand t'écris « bise » et bah lui il écrit « bide » à la place. C'est vraiment le summum de l'approxamition ce machin-là ! Nan mais je vous jure... »

D'autres Parisiens courent carrément avec un grand gobelet de *Double Latte* brûlant à la main, donnant l'impression de participer à une course de garçons de café. Ils me rappellent également ces fluorescents joggeurs fous dont j'ai déjà fait mention plus tôt. Tous ces gens-là sont à l'évidence épris de réussite. Ils vivent avant tout pour eux. Et la seule chose qu'ils partagent, c'est la culture de la gagne.

« Ce sont des ouinneurz, pesta Ricky. L'esprit de compétition, ça me dépasse moi. Je déteste ça. Et puis je comprends pas qu'on célèbre davantage le premier que le dernier ou l'avant-dernier, qui eux ont sacrément souffert pour y arriver, et souvent deux fois plus longtemps par-dessus le marché ! Quand je participais à des compétitions de bowling, petit rouquin, je peux te garantir que je m'en fichais bien du résultat. Je faisais ça pour la beauté du geste. Et des fringues bariolées, j'avoue. »

Dans sa quête du parfait Américain, Ricky ne pourrait jamais cocher la case « killer ».

La matinée touchait à sa fin et d'ailleurs, Eric avait

la « balle ». En descendant du bus, il s'empressa donc de sortir une boîte de conserve de son sac U.S.. Le dernier train qui l'avait conduit dans la plus belle ville du monde ne transportait que des boîtes de pâtée pour chien. Pas grave. Et d'une, elle était bio (fichtre !). Et de deux, la différence avec du corned-beef n'était pas flagrante.

Quand il eût vidé la boîte en aluminium, Ricky la bascula en arrière en même temps que sa tête afin de se délecter du jus de la chose. Hors de question d'en perdre la moindre goutte. Et c'est là, la panse bien remplie et les yeux tournés vers le ciel, qu'il put enfin apprécier à leur juste valeur les vertigineux gratte-ciel de Manhattan-Beaugrenelle.

« Mamma mia ! » lâcha-t-il en se croyant visiblement en pleine Little Italy.

Il était bien venu passer quelques jours à la capitale, enfant, avec sa classe de CM2. Mais la visite de la tour Eiffel, du musée Grévin et de Mireille Mathieu l'avait alors plus frustré qu'autre chose. Plus de trente ans plus tard, avec ses atours nouillorquais, la Ville Lumière se rattrapait enfin aux yeux du doux dingo. Et son plus bel atour, son plus bel atout même, se situait évidemment à quelques mètres de là. Au pied du pont de Beaugrenelle. Sur l'île aux Cygnes.

LXVIII

Elle se tenait là. Bien droite, inflexible. La Statue de la Liberté.

Et même si elle n'arrivait pas au genou de l'originale, même si elle tournait le dos à Eric, celui-ci était transi d'émotion. Il ressentait l'espoir majuscule — MAJUSCULE ! — qu'avaient connu à la vue de cette icône les millions d'émigrés débarquant à Ellis Island. Et c'était comme si son tour à lui était venu. Que les États-Unis d'Amérique lui tendaient les bras. Le rêve d'une vie qui se réalise. Un visa pour le nouveau monde. L'EXTASE. Troublé, il entreprit de chanter l'hymne américain. Il en connaissait l'air mais, étonnamment, pas les paroles. Qu'à cela ne tienne, il y colla celles de la Marseillaise, qu'il connaissait à peine plus. Mais jamais on n'avait entendu quiconque chanter « Contre nous de la pyramideuuu... » avec autant d'entrain et d'originalité.

La Statue de la Liberté tenait également une place particulière dans la mythologie toute personnelle d'Eric. Car elle faisait inexorablement écho à sa fille, Liberty.

Ému aux larmes, il caressa ma touffe.

« Tu sais petit rouquin, en la découvrant comme ça Lady Liberty, pour de vrai, j'ai vraiment l'impression de voir ma fillotte. C'est comme si elle s'était levée au milieu de la nuit, réveillée par un orage, les cheveux en pétard. Tu vois ? Elle est debout, en chemise de nuit. Une chemise de nuit à motifs Liberty d'ailleurs. Et elle brandit une bougie allumée devant l'armoire électrique pour remettre les plombs qui ont sauté. »

T'es un poète mon Ricky. Un poète-clodo, mais un poète.

Après « La Liberté éclairant le monde », Eric s'épancha donc sur « La Liberty éclairant l'armoire électrique ». Il m'expliqua l'avoir aimée dès la première échographie, son enfant, alors qu'elle n'était encore qu'un minuscule être mal proportionné flottant dans un jus trouble. Les deux échographies suivantes ne firent que confirmer cet amour. Et la délivrance de Liberty fut un sacré euphémisme. Eric exulta comme jamais. Il tenait enfin dans ses bras celle qu'il surnomme encore parfois avec un brin de nostalgie sa « quetsche » en raison de la couleur unique qu'arborait sa peau dans les toutes premières heures de sa vie.

« J'étais fou, petit rouquin ! *(Déjà ?)* Fou d'amour ! À tel point qu'en déclarant sa naissance à la mairie de Sarrebourg, l'idée m'est subitement venue de lui donner pour deuxième et troisième prénoms Egality et Fraternity. Crois-le ou non, mais ma femme, ça l'a pas fait rire du tout. *(sans blague ?)* »

LXXIX

Et puis Eric erra. La mégapole le fascinait en même temps qu'elle l'effrayait. Au détour d'un boulevard, la découverte d'un Indiana Café lui rappela immanquablement son Buffalo Grill de jadis et de Mulhouse.

« Ouaip'. Gérer un bazar comme ça, c'est un sacré boulot, tu peux me croire petit rouquin. C'est autrement plus fatigant que les commentateurs de tennis à la téloche qui sortent de leur torpeur toutes les demi-heures pour nous préciser à trente-quarante que "Attention Jean-Christian, ça fait balle de break !" »

J'ignore pourquoi, mais Ricky semblait avoir une dent contre le tennis dans son ensemble.

« C'est un sport à la noix. T'as jamais vu à la fin d'un match, les fans qui se battent pour recevoir en pleine tronche une serviette éponge imbibée de la sueur de leur idole ? Pfff, c'est n'importe quoi sérieusement. Et puis c'est dégueu quoi. »

L'hôpital qui se fout de la charité.

Ricky rejoignit ensuite les Champs-Élysées. Ce n'est pas l'avenue en elle-même qui l'intéressait, mais plutôt ce qui trônait au milieu de la place de l'Étoile, à savoir l'arc de triomphe.

« Washington square ! » annonça Eric en désignant le colossal parallélépipède qui, à l'inverse de Lady Liberty, était plus grand que son alter ego nouillorquais.

Et si c'est avec émotion qu'il compara plus tôt l'œuvre de Bartholdi à sa fille, l'arc de triomphe lui inspira un parallèle moins enthousiaste.

« C'est vraiment énorme. Et pas très joli. On dirait ma mère. »

Sur le dos d'un kiosque à journaux, Eric tomba en pâmoison devant une affiche annonçant une exposition de peinture. *Couic-couic*, il s'en approcha. Il s'agissait de la reproduction d'un tableau d'Albert Marquet judicieusement intitulé *Persiennes vertes*. On y voit depuis l'intérieur d'une chambre à coucher une paire de volets tirés qui adoucit l'exquise lumière du soleil qu'on devine briller dehors. C'est une huile qui pousse fatalement à la sieste. D'ailleurs, Eric bâilla. Et aussi incroyable que cela puisse paraître, moi aussi ! Enfin, mon esprit plus exactement. Prouvant ainsi qu'un bâillement était plus fort que tout, que son pouvoir de contagion traversait sans difficulté la barrière de l'au-delà. Le temps pour moi d'intégrer cette découverte scientifique majeure, Eric ronflait déjà, allongé sur le macadam.

La plus belle avenue du monde avait une verrue.

LXXX

Ni le bruits de voitures, ni la musique assourdissante des danseurs de rue ne réveillèrent Ricky. Et personne n'osa non plus le tirer de son sommeil. Les touristes du monde entier se montraient d'une politesse rare.

C'est donc naturellement que l'olibrius finit par rouvrir l'œil. Le soleil affichait seize heures, et lui une mine déconfite. Redressé sur ses longues gambettes (devrait-on dire *gambes*, du coup ?), il s'étirait tel un accordéon.

« Tu sais mon rookmoot, je crois que chuis devenu un vrai new-yorkais. Parce que j'ai qu'une envie : changer d'air, quitter cette ville de dingues au plus vite ! »

Et il s'engouffra dans les couloirs du RER. Sur le quai, à nouveau, on le regarda de travers. Il ne s'imaginait pas monter dans une voiture au milieu d'autres voyageurs. Des semaines entières écoulées dans le confort relatif mais somme toute intime des wagons de trains de marchandises l'avaient rendu inapte aux transports grégaires. Et l'idée de subir les pénibles reprises de chanteurs braillards pendant tout un trajet lui paraissait insurmontable. C'est bien connu, l'arroseur déteste être arrosé.

Du coup, le RER tout juste arrêté en station, hop !
il grimpa sur le toit. Et sourit. Ça lui rappelait le
départ de l'Arizona, quand il avait sauté avec moi sur
le dessus d'un train. Et qu'il y avait laissé une dent.
Ah, oui, souvenir mitigé tout compte fait. Fin du
sourire.

Le RER filait à vive allure dans les tunnels
obscurs. Ricky était allongé sur le dos, telle une étoile
de mer géante, se réjouissant du souffle qui fouettait
son visage. Il se sentait libre. Libre comme
l'Amérique. Quittant la ville qui ne dort jamais —
« les siestes, ça compte pas » aurait-il été capable de
se justifier — il entreprit d'écrire un hymne à la
liberté. Un Hymne à la Liberté, même. Il songea
d'abord à une réécriture de *Chacun fait fait fait c'qui
lui plaît plaît plaît* de Chagrin d'Amour. Mais ça
risquait de manquer d'envergure. Une nouvelle fois, il
choisit donc de revisiter *La Bannière étoilée*. Si Jimi
Hendrix l'avait fait à la guitare électrique, il pouvait
bien s'y essayer à la guimbarde acoustique.

Mais pas question ce coup-ci de se contenter de
coller sur l'hymne américain les paroles de la
Marseillaise. Il jouerait en premier lieu la mélodie
chère à son cœur. Une version purement
instrumentale. Et après seulement, fut-il étendu de
tout son long sur le sommet d'un RER, il
interpréterait sur le même air un texte de son cru. Plus
qu'un texte, le chef-d'œuvre de son répertoire,
espérait-il.

Liberty chérie
(Eric Alterstruff / John Stafford Smith)

Tsoing tsoing tsoing tsoing tsoing tsoing
Tsoing tsoing tsoing tsoing tsoing tsoing
Tsoing tsoing tsoiiiing tsoing tsoing tsoing
Tsoing tsoing tsoing tsoing tsoing tsoing tsoing

Tsoing tsoing tsoing tsoing tsoing tsoiiing
Tsoing tsoing tsoing tsoing tsoing tsoiiing
Tsoing tsoing tsoiiiing tsoing tsoing tsoiiing
Tsoing tsoing tsoing tsoing tsoing tsoing tsoing

Tsing tsing tsing tsing tsing tsiiiing
Tsing tsing tsing tsing tsing tsiiiing
Tsing tsing tsiiiing tsing tsing tsiiiing
Tsing tsing tsing tsing tsing tsiiiing

Tsoing tsoing tsoing tsoing tsoing tsoing tsoing
tsoing
Tsoing tsoing tsoing tsoing tsoing tsoing tsoing
tsoiiing tsoiiing
Tsoing tsoing tsoiiing tsoing tsoing tsoing tsoiiing
Tsoing tsoing TSOING tsoing TSOING
TSOIIIIING

« Au nom de la Liberté
La bannière étoilée
Moi j'aime l'écouter
De manière étalée »

162

LXXXI

Le RER quitta bientôt ses boyaux souterrains pour rouler à l'air libre, permettant à Ricky de respirer à pleins poumons ce qu'il restait d'oxygène dans l'atmosphère francilienne. La vitesse du train le grisait. La perspective de sa prochaine destination aussi.

Une grosse demi-heure plus tard, arrêté dans une énième gare, des haut-parleurs annonçaient fièrement « Marne-la-Vallée-Chessy-Parc Disneyland ».

Pour Ricky, le moment était venu d'enfin découvrir Orlando.

L'air était chaud. L'humidité pesante. Et les moustiques de sortie. Bref, la Floride tenait toutes ses promesses. Ricky se dirigea vers le Billy Bob's saloon, un vaste bar à l'ambiance western qui propose *square dance* et victuailles tex-mex. En temps normal, Ricky y aurait foncé tête baissée, tel un bison affûté. Mais c'est la Floride qu'il était venu chercher. Alors c'est la Floride qu'il trouverait.

C'est ainsi qu'il tourna les talons de ses santiags et prit la direction du Annette's diner. Avec ses néons et ses couleurs pastel, l'endroit reproduisait effectivement à la perfection l'esprit des *diners* des années cinquante du *sunshine state*. Sur le parking, quelques vieilles américaines brillaient de mille feux pendant que d'autres, à l'intérieur, moins glamour mais plus luisantes encore, s'empiffraient de milkshakes. L'estomac de Ricky en gargouilla dans de gargantuesques borborygmes. Il compta l'argent qu'il lui restait — il avait largement de quoi s'offrir un hot-dog — et avança vers l'entrée. Celle-ci était gardée par un titanesque bonhomme qui à mon humble avis ne se prénommait certainement pas Annette.

« Bonsoir Monsieur. Vous désirez ? demanda le molosse en toisant Eric.

— Bah, entrer ! répondit benoîtement Ricky.

— *Te vexe pas Ricky, mais je crois qu'il s'attendait à ce que tu lui quémandes un clope ou une pièce de monnaie.*

— Ah, c'est pour consommer ?

— Voilà. Exactement. J'aime beaucoup vos chaussures vous savez.

— Euh... Ah ? C'est du simili en fait.

— J'adore ça moi, le simili.

— Entrez Monsieur. Welcome chez Annette !

— On vous a jamais dit que vous ressembliez à la fois à Tubbs et Crockett, les deux flics de Miami ? » lui demanda très sérieusement Ricky en franchissant la porte.

Les souliers du cerbère étaient en imitation croco. Autant dire que dans la tête d'Eric, ils transpiraient la Floride.

LXXXII

C'est une serveuse livide qui vint nous accueillir et nous placer. Il faut dire qu'elle débutait. Et qu'elle était contractuellement tenue de se déplacer sur des rollers. Pas le choix, et tant pis pour les ecchymoses. À en croire son badge, elle s'appelait Stacey. Ses leggings fuchsia et les bleus qui recouvraient ses bras répondaient parfaitement au vieux rose et au turquoise des banquettes en skaï. La déco du *diner* dans son ensemble — tables en formica, sol à gros damiers, pin-up encadrées aux murs, vieux juke-box — avait été choisie avec soin. Le Ricky buvait du petit lait tout en commandant une bière à Stacey.

« Et un *all american hot-dog* s'il vous please. »

La carte était au diapason. Coleslaw, Cæsar salad, variations autour du hamburger, hot-dog donc, cheesecake, milk-shake. Quant au « Elvis the King banana split », il intriguait. Avait-il été baptisé de la sorte en hommage capillaire à la banane du rocker, ou en référence à son obésité crépusculaire ?

Tout ça pour dire que si Fonzie et Richie Cunningham avaient débarqué là en s'écharpant, personne n'aurait rien trouvé à redire.

Et pourtant tout sonnait faux à mes yeux. Tout. Si depuis le début de notre aventure commune, l'Amérique « française » d'Eric devait beaucoup à son imagination, à sa faculté d'interprétation, voire même à sa folie douce, elle n'en était pas moins sincère et authentique. Mais là, dans ce Annette's diner, j'étais confronté au pastiche. Au subterfuge. À la fausseté. Et disons-le, au mensonge.

Moi, l'écureuil voltigeur, roi des cimes, prince de la canopée, fus alors pris de vertige ! Car je n'étais plus sûr de rien. Tout se bousculait dans ma petite tête. Les événements de ces derniers mois. Ma rencontre avec Ricky. Notre périple. Nos péripéties. Son aliénation rampante. Mon suicide.

« Existé-je ? Existé-je seulement ? »

Telle était la question qui tournait en boucle dans mon esprit en surchauffe. Ou plutôt :

« Avais-je existé ? Avais-je seulement existé ? »

Car enfin, cette histoire n'était-elle pas abracadabrante depuis le début ? Un écureuil savant.

Doté de capacités cognitives pour le moins douteuses. Qui lui permettent d'écrire un livre autobiographique ! *Post-mortem* de surcroît !

« Ne serais-je pas le fruit de l'imagination d'Eric ? m'affolai-je. Et ce texte que je prétends écrire, ces lignes que vous lisez, n'en est-il pas l'unique auteur ? »

Car enfin, dans son carnet, c'est peut-être plus que de simples pastiches (Encore ! Vous voyez...) de chansons qu'il écrivait. Ça existe les carnets de voyage, il me semble ?

Autant de questions auxquelles j'avais une peur panique de trouver les réponses. Et partout, je croyais voir les indices de mon inexistence.

Cette histoire de peluche-écureuil d'abord. Il était tentant de penser qu'en tombant nez à nez avec un véritable écureuil aux abords de Colmar, Eric s'était naturellement pris d'affection pour celui qui lui rappelait à la fois son doudou et son père, le soldat inconnu. Une fois le rongeur retourné à ses pénates, Eric aurait décidé de le garder quand même avec lui dans un coin de sa tête, d'en faire un compagnon imaginaire. Et de raconter à travers lui cette pas banale épopée. Une épopée prétendument américaine narrée par un prétendu écureuil. Une méta-aventure pourrait-on dire.

Et l'écureuil — moi ! — qui aurait je cite « une parfaite connaissance du PAF » ? On frise la science-fiction quand même là, non ? Il paraît hautement plus vraisemblable que ce soit Ricky lui-même qui soit doté d'une telle connaissance, vu le nombre d'heures passées dans son bowling devant la télé allumée.

Quant à mon suicide... Peut-être Eric, dans son état

quasi-comateux d'alors, moins conscient qu'inconscient, avait-il en fait tué lui-même un écureuil qu'il aura a posteriori cru voir se saborder ?

Même dans cette barbe rousse qui pousse à Ricky depuis cet événement dans tous les cas tragique, je crois voir une preuve. La preuve que lui et moi — le Ricky et le rouquin — ne faisons qu'un. Le grand rouquin serait aussi le petit. Moitié homme, moitié écureuil. Je remarquai au passage que, de la même manière qu'Eric lisait son prénom dans amERICa, on peut également retrouver ce dernier dans ECuReuIl.

Ricky serait alors pour le moins schizophrène (une schizophrénie à tendance suicidaire pourrait-on même redouter, si le petit rouquin pour le coup assurément suicidaire et lui ne font qu'un). Et là encore, tout ne ferait que valider l'hypothèse. Comment expliquer sinon son attitude par exemple tantôt très prude avec les femmes (avec Shirley et sa Harley Davidson pour ne pas la nommer) et tantôt quasi-lubrique (avec Trinita, la Gitane qu'il aura consumée avec le feu de la passion) ? Son identité même est teintée d'ambivalence. Parfois Éric, parfois Ricky. Docteur Ricky et Mister Éric. Sans parler d'Eric sans accent...

Je n'aurais donc jamais existé ?

Et Ricky le savait au fond de lui. Évidemment. Voilà pourquoi il se montrait incapable de me considérer tel l'écureuil que j'étais censé être, préférant me taxer un jour de marmotte, un autre de marsupial, et un troisième de cochon d'Inde. La comparaison la plus pertinente restant finalement le jackalope. L'animal chimérique.

Voilà. Moi, petit rouquin, little rookmoot, petit rookmoot, ne suis peut-être que le porte-plume fictif du grand fou.

Comme Michel Dejeneffe avec sa marionnette Tatayet, Ricky y trouverait là le moyen de parler de lui à la troisième personne. Par timidité peut-être. Manque d'assurance probablement. Folie certainement. Agatha Christie aurait paraît-il été victime d'une fugue dissociative. Alors pourquoi pas Eric Alterstruff ?

Évidemment, sa consommation d'alcool, de drogue douce et autres champignons hallucinogènes ces derniers temps n'aurait en rien arrangé sa pathologie.

Et ce splendide sens de l'approximation propre à Ricky me direz-vous ? Il en serait donc parfaitement conscient et aurait décidé de s'en amuser ? De procéder à une « mise en amibe » par exemple ? Ha ha, sacré Ricky.

Mais au fait ! Si c'était vraiment Eric l'auteur de ce roman, pourquoi divulguerait-il ainsi la supercherie, là, maintenant ? Par masochisme ? Par orgueil de type : « C'est moi l'écrivain ! Le génie ! Pas un vulgaire hamster qui schlingue ! » ? Pour commencer à s'avouer que la schizophrénie le ronge ? La reconnaître publiquement ? Un premier pas vers une psychanalyse ? Des soins ?

Bon. Peut-être ce livre est-il apocryphe alors.

Libre à chacun de se faire sa propre opinion. Sa propre interprétation. Sa propre lecture.

Pour ma part, je préférais mettre de côté ces terribles doutes sur ma propre existence de petit écureuil mort. Faire abstraction de toutes ces réflexions qui me torturaient. Faire comme si elles n'avaient jamais traversé mon esprit. Faire semblant.

Oui c'est ça, faire semblant.

Et je décidais de focaliser mon attention sur l'instant présent. Annette's diner et ses milk-shakes en l'occurrence.

Eric eut la riche et dispendieuse idée de se commander un « Mega Hippy Hippy Shake » parfums caramel et beurre de cacahuètes pour faire passer son hot-dog. Il loucha sur le tas de glucose en s'adressant à ma queue morte d'une voix un peu triste.

« Chuis certain que t'aurais adoré ça petit rouquin. Dommage que tu sois plus tout à fait des nôtres... »

LXXXIII

Eric avait dormi du sommeil du juste.

« Faut croire que le climat de Floride me convient parfaitement » qu'il avait lâché à voix haute en étirant ses longs segments de phasme.

Le soleil commençait déjà à lui brûler la couenne, si bien qu'il noua son bandana autour de la tête pour la protéger. Même si je me demandais vraiment ce qui pouvait encore être sauvé dans cette caboche-là.

Il se dirigea vers l'entrée du parc d'attractions. Le roboratif milk-shake d'Annette de la veille auquel il n'avait pas prévu de succomber avait sérieusement grevé ses finances. Et il n'était pas certain d'avoir encore de quoi battre l'opulent pavé de Main Street USA. Mais visiblement, la fée Clochette avait décidé de filer un coup de main à Ricky. Car quand ce dernier s'approcha du portique, un vigile lui fit signe d'avancer jusqu'à lui et le fit entrer gratuitement en le gratifiant d'une gaillarde tape dans le dos.

« Allez magne-toi Jack Sparrow, t'es à la bourre ! »

Sur le coup, Ricky obtempéra sans bien comprendre le quiproquo. C'est en découvrant plus loin son reflet dans la vitrine d'une boutique de saloperies en plastique *made in PRC* qu'un courant électrique favorable entre deux neurones lui apporta la lumière.

« Ah yes O.K. ! Le pirate des Bahamas ! Le gorille m'a pris pour un comédien du parc. Ha ha ! MDLOL ! »

La magie Disney avait opéré. Entre ses nippes en lambeaux et les longs boudins de cheveux gras qui sortaient de son bandana rouge, c'est vrai que Ricky ressemblait davantage au fantasque flibustier qu'à un touriste américain.

Car oui, étrangement, Disneyland Paris regorgeait de touristes yankees. Pourquoi diable ? Why the hell ? Et à l'inverse, m'interrogeai-je, les *frenchies* en goguette chez l'Oncle Sam mangent-ils du munster en cachette ?

« Maman, maman, regarde c'est Jack Sparrow ! lança un mouflet à une sémillante trentenaire en désignant Ricky.

— *Pfff, pas du tout, c'est un ancien joueur de bowling mosellan*, ne puis-je m'empêcher de le corriger dans ma tête.

— Va te mettre à côté de lui mon chéri, je vais vous prendre en photo.

— Oui viens mon p'tit gars. Viens avec Tonton Jack, mille milliards de mille sabords ! l'invita Eric.

— *Punaise Ricky, c'est le capitaine Haddock ça...*

— Clic bzzzz, fit le smartphone de la milf (puisque je vous dis qu'elle était sémillante !)

— Voilà. C'est bon ? Elle est réussie ? Venez avec nous madame, on va faire un soulfie.

— Ah oui quelle bonne idée ! Un selfie avec Johnny Depp, wow !

— Clic bzzzz, refit le smartphone.

— Hé hé voilà, on dirait que c'est fait. Au revoir moussaillon, au revoir gente dame, et bonne journée tonnerre de Brest !

— *Ricky*...

— Merci Johnny, à vous aussi, sourit la mère.

— Il était trop sympa maman, Jack Sparrow ! lança le gamin à sa maman, s'éloignant tous les deux de Ricky.

— Ouais mais alors, il sent le fond de cale dis-donc ! »

LXXXIV

Une fois, deux fois, cent fois, la scène se répéta.

« Jack Sparrow ! Jack Sparrow ! »

Eric n'en pouvait plus. Il lui sortait sérieusement par les trous de nez, ce Jack Sparrow. Et puis lui Ricky, de son côté, c'est Tic et Tac qu'il tenait à tout prix à rencontrer.

« Ils me rappelleront toi, petit rookmoot » qu'il m'avait gentiment glissé à l'oreille de ma queue.

Mouais. À la différence près que ce sont des tamias Tic et Tac, pas des écureuils. En anglais on dit *chipmunks*. Mais je ne t'en veux pas Ricky, tu sais. Je crois avoir compris certaines choses hier soir.

Et le pire c'est qu'il a fini par leur mettre le grappin dessus, à ces deux lascars. Dès qu'il les aperçut, il se jeta sur eux avec le même enthousiasme que les marmousets et marmousettes qui l'avaient assailli toute la sainte journée.

« Tic et Tac ! Tic et Tac ! J'vous ai enfin trouvés les gars ! »

Il s'immisça entre les deux rongeurs géants en polyamide et tous les trois prirent la pose que quelques touristes sceptiques mais néanmoins scrupuleux s'efforcèrent d'immortaliser. Je dois reconnaître que le trio avait un je ne sais quoi d'émouvant. Tic, Tac, et Toc-Toc.

Le parc n'allait pas tarder à fermer ses portes. Ce qui n'était pas pour déplaire à un Ricky comblé de souvenirs aussi multicolores qu'indélébiles, mais en même temps comme qui dirait éreinté par sa popularité d'un jour.

Alors qu'il s'ébahissait de la géniale perfection d'un grille-saucisses à rouleaux rotatifs pour hot-dogs servis à la chaîne, le grand enfant allait pourtant une nouvelle fois connaître la magie de l'auguste Walt. Car Goofy en personne lui tapota l'épaule. Ricky sursauta quand il le reconnut, en se retournant. Mais c'était le sursaut du bonheur.

« Goofy ! Ça alors ! Ha ha, comment tu vas mon vieux ? »

Goofy n'avait pas le droit de répondre. Aucun personnage n'était autorisé à parler. C'était contractuel, comme les rollers de Stacey. The Walt Disney Company voulait probablement éviter tout impair. Que Pinocchio s'exprime avec une grosse voix de baryton par exemple, ou Blanche-Neige comme une cagole.

Qu'importe. Eric était ravi de cette divine et canine rencontre. Et moi aussi. Après Tic, Tac et Toc-Toc, j'avais le privilège unique de voir réunis Dingo et Dingo.

Une toute dernière surprise attendait Ricky à la sortie du parc. Le seul, l'unique, *the one and only* Donald Duck !

Eric s'approcha de lui avec douceur. Une forme d'étrange compassion se lisait sur son visage mangé par la barbe. Et puis il le prit dans ses bras avant de poser sa tête sur sa blanche épaule. Un gros câlin. Comme si le palmipède avait brandi une pancarte

« FREE HUGS ».

« Mon bon Donald, commença Ricky à mi-voix, il doit pas être facile à porter ton prénom depuis quelque temps hein, avec l'autre là… J'imagine que t'en prends pour ton gras. Tu dois régulièrement te faire traiter de « gros canard ! » et autres « sale canard ! » par des visiteurs qui se croient malin. T'as mal à ton pays, pas vrai ? Ton beau pays… qui s'est construit par la grâce de vagues ininterrompues d'immigrés. Et qui a choisi de désormais fermer la porte à double tour. Mais toi et moi, on sait pertinemment que c'est pas ça l'Amérique... »

Rompant le contrat, Donald Duck murmura bien un timide « Monsieur, je ne suis pas le vrai Donald. Je m'appelle Adrien et je viens du Calvados… », mais rien ne semblait pouvoir stopper l'empathie d'Eric.

« C'est terrible, terrible… J'ai un peu le même problème que toi tu sais, Donald. Je partage mon prénom avec un type qui n'est que haine et mépris. Son nom de famille sonne comme « Amour », mais il en est l'exact contraire. L'antifraise. D'ailleurs il commence par la lettre opposée… »

Ricky embrassa l'aile gauche d'Adrien avant de tourner les talons.

« Pauvre canard ! » lâcha-t-il distraitement.

LXXXV

Pour boucler complètement son séjour en Floride, Eric savait qu'il ne devait compter que sur lui-même. Car malgré son dense maillage du territoire, le fret SNCF offrait encore quelques trous noirs.

« Visiter un état qui dispose d'autant de kilomètres de côtes sans voir la flotte, ce serait une Ourasi, tu crois pas ? »

Ricky acquiesça pour moi en faisant bouger l'extrémité de ma queue comme une marionnette, et en prenant une voix de fausset.

« Ah oui alors, tu l'as dit mon ami ! »

Il me prenait vraiment pour un débile, ou une peluche. Ou un combo : peluche ET débile.

Et c'est à pied qu'il rejoignit donc une base nautique située à seulement quelques kilomètres au nord de chez Mickey. Quand il fut arrivé, l'heure de fermeture était passée depuis trente bonnes minutes. Plus un seul plaisancier. La voie était libre.

« À moi la mangrove ! » qu'il a hurlé en se mettant en costume d'Adam.

Peut-être avait-il pris conscience de sa crasse, de son fumet, de sa nauséabonde condition ? Il courut dans l'eau où il s'ébroua tel un jeune labrador foufou.

« Rhaaa ça fait du bien ça. Hein mon Ricky ça fait du bien ? Mais oui il est content le Ricky, oh voui-voui-voui il est content ! »

Houla. V'là-t'y pas qu'il se mettait même à se parler tout seul comme à un bon gros toutou.

Il passa ensuite un petit moment à plonger en apnée dans les eaux nébuleuses de l'étang, visiblement à la recherche d'une très hypothétique faune marine. Son insuccès l'irrita.

« Nan mais je demande pas à tomber sur un lamantin ou un alligator. M'enfin chépas moi, un petit serpent d'eau au moins quoi ! Ou une sangsue, morbleu ! »

Et puis il sortit de l'eau, toujours aussi agacé. Mais sa plainte avait du être entendue en haut lieu, puisqu'à travers les joncs apparut alors le museau d'une petite tortue. Une tortue dite « de Floride » qui plus est ! De celles qu'on élève chez soi dans un aquarium bon marché. Plif ! Elle disparut comme elle était apparue. C'est-à-dire lentement. À un train de sénateur qui ferait du snorkelling. Eric ne la vit même pas. Il préférait pester contre son manque de bol.

LXXXVI

Cette fois, c'en était donc fini pour de bon avec la Floride.

« Bye-bye Orlando ! » comme aurait lancé Dalida à son frère en allant chercher le pain.

Sauf qu'en l'occurrence, la boulangerie que visait Ricky se situait à quasiment quarante kilomètres.

La nuit était tombée doucement, en faisant un minimum de bruit. Et Ricky retenta le coup de la route nationale sixty-six : l'auto-stop. Mais pas une seule voiture ne s'arrêta.

« Tout ça c'est la faute à *Faites entrer l'accusé* ! s'emporta Eric. Plus personne n'ose prendre le moindre auto-stoppeur en rase campagne de nuit. Et l'émission passe sur une chaîne qui se dit de "service public" en plus. Tu parles comme ça me rend service... »

Campé au bord de la route, Ricky continuait à faire signe aux voitures, qui passaient systématiquement leur chemin.

Mais quelque chose de bizarre approchait doucement dans la direction d'Eric. Une masse verticale et lumineuse. Jaune en bas, et orange en haut. Pour ma part, je crus deviner un joggeur. Je me trompai. C'était bien un homme, mais qui se contentait de marcher. Il portait un gilet jaune réfléchissant sur le dos, et un cône de chantier enfoncé sur la tête. Plus un jerrican dans une main.

« Euh... bonsoir ! lui lança Ricky, un peu inquiet *(c'est vrai que même lui, ça le faisait un peu pétocher* Faites entre l'accusé, *pour être honnête)*.

— Bonsoir...

— Euh... Je peux vous demander ce que vous faites comme ça, là ?

— Bah je suis allé chercher de l'essence. Ma bagnole est tombée en panne sèche un peu plus loin là.

— Et c'est quoi ce que vous avez sur la tête exactement ? Enfin, pourquoi un cône de chantier quoi ?

— Bah c'est les nouvelles consignes de sécurité. Le gilet jaune et le triangle de signalisation ça suffisait pas, à ce qu'il paraît. Alors maintenant il faut le cône sur la tête en plus.

— Ah dites donc. On rigole plus avec la sécurité dans ce pays !

— Bah. Un peu quand même, disons.

— Hé hé.

— Je vois que vous faites du stop. Je peux vous déposer quelque part ?

— Yes ! Un peu mon neveu ! Je vais un peu plus au nord.

— Alors zou. Je vous embarque. »

LXXXVII

Une fois tous les deux à bord du Citroën Berlingo vert pomme, l'automobiliste interrogea Eric sur sa destination. Ricky entreprit donc de lui raconter le principe de son périple. Mais c'est l'autoradio qui s'en chargea à sa place. « Tes états d'âme sont pour moi Éric, comme les états d'Amérique » chantait Luna Parker sur radio Nostalgie à tue-tête.

Et c'est vrai que ça tuait bien la tête.

« Voilà, enchaîna Ricky une fois ce summum de la l'industrie musicale des années quatre-vingt terminé, c'est à peu près ça mon voyage. Et là, je viens de quitter la Floride. D'ailleurs, je peux vous interpréter le titre que je viens de composer pour l'occasion sur le bord de la route si vous voulez.

— Euh, oui je veux bien, répondit le conducteur, décidément sacrée bonne poire.

— Vous allez reconnaître tout de suite. C'est un tube de Dalida que j'ai réécrit pour un être cher qui traverse une petite période de doute. Une espèce de crise existentielle. Je me suis mis dans sa peau du coup. De mon ami hein, pas de Dalida ! Et le rapport avec la Floride ? me direz-vous. Eh bah c'est Orlando. Oui bon je vous l'accorde, c'est un peu tiré par les cheveux de la perruque disco. »

Laissez-moi exister
(Eric Alterstruff / Toto Cutugno)

« J'ai envie de voir la Floride
J'ai envie d'un été torride
Ne peut-on pas être un rongeur
En même temps qu'écrivain voyageur ?

Refrain :
Laissez-moi exister, laissez-moi
Laissez-moi manger, ronfler en liberté tout l'été
Laissez-moi exister, laissez-moi

Aller jusqu'au bout du rêve

Tsoing-tsoing-tsoing-tsoing-tsoiiiiiing
Tsoing-tsoing-tsoing

J'ai envie d'aller chez Annette
De sauter sur ses banquettes
M'étouffer de ses cheesecakes
Me noyer dans ses milk-shakes

Refrain :
Laissez-moi exister, laissez-moi
Laissez-moi manger, ronfler en liberté tout l'été
Laissez-moi exister, laissez-moi
Aller jusqu'au bout du rêve

Tsoing-tsoing-tsoing-tsoing-tsoiiiiiing
Tsoing-tsoing-tsoing

Moi je veux lécher Elvis Presley
Moi je veux aller chez Mickey
Me pâmer devant Jack Sparrow
Tic et Tac et puis Dingooooo

Refrain :
Laissez-moi exister, laissez-moi
Laissez-moi manger, ronfler en liberté tout l'été
Laissez-moi exister, laissez-moi
Aller jusqu'au bout du rêve

Tsoing-tsoing-tsoing-tsoing-tsoiiiiiing
Tsoing-tsoing-tsoing

Ne m'dites pas que je n'suis qu'un fantôme
Ne m'dites pas que je n'ai pas d'atomes
Moi aussi j'veux me baigner
Sentir l'eau sur mes doigts de pieds

Refrain :
Laissez-moi exister, laissez-moi
Laissez-moi manger, ronfler en liberté tout l'été
Laissez-moi exister, laissez-moi
Aller jusqu'au bout du rêve

Tsoing-tsoing-tsoing-tsoing-tsoiiiiing
Tsoing-tsoing-tsoing »

LXXXVIII

L'automobiliste habitait Ermenonville.

« Formidable ! Je vais juste à côté dites donc ! s'extasia Ricky. On y sera dans combien de temps vous pensez ?

— Boh. Je dirais trois quarts d'heure à peu près.

— Ah bah je vais vous rechanter ma chanson alors. Profitez-en hein, c'est pas à tout le monde que j'accorde un rappel ! »

Je serais bien incapable de vous dire ce qui poussa l'automobiliste à proposer à Eric de passer la nuit chez lui. La solitude peut-être. On pouvait facilement imaginer que la vie du type ressemblait à son appartement : triste et vide, fade et sans relief. L'hôte d'Eric le regarda avec les mêmes yeux que les enfants de Disneyland face à Jack Sparrow. Pour la première fois de sa vie, Ricky réalisa qu'il faisait un envieux. C'est ça, quelqu'un l'enviait. Admirait la forme de courage dont il avait fait preuve pour partir de chez lui et réaliser son rêve. Fut-il tordu et au rabais. Il ne le montra pas, mais Ricky en était tout retourné.

« Ma parole, j'ai quitté le camp des louzeurs !? » s'interrogea-t-il.

Il sourit avant de montrer un soudain signe d'anxiété.

« C'est bien Ricky, mais fais gaffe quand même à jamais devenir un ouinneur non plus » se promit-il à lui-même.

Au petit matin, requinqué par une nuit de sommeil sur un authentique clic-clac, gorgé de confiance par la fascination qu'il exerçait sur le premier membre de son fan club, et l'estomac lesté par un plein bol de Rice Krispies, Ricky quitta son hôte le cœur vaillant. Pour ce dernier, jamais ne s'effacera le souvenir de cette rencontre singulière. Ne serait-ce qu'à cause de l'odeur inamovible dont Eric imprégna le canapé convertible.

Ricky n'avait que deux kilomètres à parcourir pour fouler la terre aride du Nevada.

« Le VRAI Nevada, little rookmoot ! précisa-t-il en s'adressant à son pendentif à poils roux. Pas l'ersatz revendiqué par un des seufeuhz de Moliets-et-Maa — qui comme chacun sait se trouve en Californie en plus. »

Après avoir longé l'improbable « Étang des Crapauds », Ricky arriva fièrement à destination. Le couic-couic de ses jambes s'interrompit à quelques mètres du grand portail qui se dressait devant lui. C'était un portail solide, digne des ranchs les plus opulents. Dessus s'inscrivaient quatre mots simples, mais porteurs aux yeux de Ricky de toutes les promesses.

La. Mer. De. Sable.

LXXXIX

Il était dix heures du matin et les caisses du parc d'attractions ouvraient tout juste. Eric, décidemment plein d'assurance, grilla la politesse à tous les visiteurs pour se présenter directement devant un des vigiles.

« Salut, je suis un peu en retard aujourd'hui, lui sortit Ricky en lui passant devant.

— Hop hop ! Vous allez où comme ça m'sieur ? Faites la queue comme tout le monde s'il vous plaît, répliqua Mister T.

— Ah mais vous m'avez pas reconnu ? Hé hé, je joue dans un des spectacles. Je suis Jack Sparrow. »

La Mer de Sable ne proposait visiblement pas de représentation de *Pirates des Caraïbes*. Et Ricky dut effectivement faire la queue comme tout le monde. Autre mauvaise surprise, l'entrée coûtait tout de même vingt-quatre euros cinquante. Ce qui représentait une sacrée somme pour Jack, tout pilleur de trésors qu'il fut. Tant pis, il attendit patiemment quinze heures — heure à partir de laquelle le parc offrait un tarif réduit — en jouant aux osselets avec des cailloux avant de se faire griller une étonnante brochette de cuisses de crapauds.

À quinze heures dix, Ricky arpentait enfin le désert du Nevada.

« Tu sais petit rouquin, elle est bientôt terminée notre traversée des Stetz. Et j'ai tout adoré. La route sixty-six, les bisons laineux du Wyoming, les rues de New York, la douceur de la Floride... Mais y a rien à faire, l'Amérique que je préfère, ça reste celle du far west, tu vois. Le Colorado qu'on a vu. Le Colorado qu'on a revu. L'Arizona. La Californie. L'Amérique des grands espaces et des pionniers. Des cow-boys et des Indiens. Eh ben la mer de sable du Nevada où on se trouve maintenant, c'est un peu une compile de tout ça. C'est encore mieux qu'un Buffalo Grill XXL à ciel ouvert. L'occasion de se prouver qu'on est dignes des meilleurs pionniers, des plus coriaces. Qu'on est invincibles. Aujourd'hui petit rouquin, qu'il m'a dit avec gravité, c'est notre barouf d'honneur. »

XC

Ricky envisageait donc la Mer de Sable comme un rite de passage. Il s'agissait pour lui de montrer sa bravoure et son aptitude au far west en réussissant haut la main toutes les épreuves du parc. Le plus de fois possible. Il sera toujours comme ça Ricky, entier. Enfin, avec une case en moins, mais entier quand même.

La première attraction ne laissait pas présager la suite. En effet, « La piste de l'Ouest » proposait une inoffensive promenade à cheval. À peine trois-cents mètres de long. C'est en descendant de selle que Ricky comprit d'ailleurs qu'elle était destinée aux enfants.

« C'était bizarre, j'avais les 'tiags qui traînaient par terre. Tu m'étonnes, en fait de canasson, j'étais perché sur un poney » fulmina Ricky dans sa barbe.

Son humeur revint au beau fixe par la grâce de l'attraction suivante. « Cheyenne River » qu'elle s'appelait. Un cauchemar. On s'installe dans un rondin de bois en ferraille qui grimpe à vingt mètres de haut. Et après, l'engin est livré à lui-même — et vous avec — sur un toboggan plein de flotte. Vous voilà insultant la Terre entière durant la chute, qui se termine dans une immense gerbe d'eau format fontaine du Bellagio. Vous êtes trempé. Ceci dit, beaucoup de ceux qui survivent sont rayonnants.

Mais tout ça n'était rien à côté du « Coyote Express ». Une invention du diable qui vous trimballe dans un wagonnet au-dessus du vide. Des montagnes russes mais américaines qui rappellent les dédales d'une mine de cuivre souterraine mais à trente mètres de haut. Ricky se fichait de ces incongruités comme de sa première chemise (et toutes les suivantes). Il hurlait des « YEEHAAA ! » qui effrayaient davantage encore les autres visiteurs. C'était tout à fait horrible.

« L'Attaque du Train » laissait espérer un moment de répit, dans la mesure où il s'agit d'un spectacle. À savoir la reconstitution de l'assaut d'un train de voyageurs — les visiteurs du parc en l'occurrence — par les terribles Indiens. Oui mais évidemment, Ricky n'a pas pu se résoudre à rester simple spectateur du show à plumes. Il a rejoint les rangs des *native Americans* en hurlant des *youyouyouyouuu !* Terrorisés, les passagers ont sauté du train en marche. Et les Indiens eux-mêmes ont préféré faire demi-tour au galop. Mon Ricky s'est retrouvé tout seul au beau milieu du désert. Interdit.

« Bah quoi ? » s'est-il étonné.

XCI

La sagesse aurait voulu que le grand tordu en reste là. Mais il lui fallait encore se « mesurer à la Rivière Sauvage », une descente en eaux vives au fond d'un canyon en papier mâché, bringuebalé dans une soucoupe flottante. Effroyable. Là encore, Ricky passa l'épreuve haut la main, rigolant à gorge déployée.

« Back to the roofs ! » qu'il s'égosillait sous le regard gêné de ceux qui avaient eu le malheur de partager son rafiot.

Je commençais à me demander s'il n'était pas tout compte fait la réincarnation d'un John Day ou d'un Ross McCloud. En plus archaïque encore.

« Cheyenne River », « Coyote Express » et « la Rivière Sauvage » ont constitué le trio infernal de cette fin d'après-midi. Eric courait de l'un à l'autre sitôt descendu de l'engin de mort propre à chacun. J'ai stoppé les comptes rapidement, mais il est probable qu'il ait effectué plus d'une douzaine de fois chacune de ces trois attractions. Tel un chien fou. La langue pendante et les yeux exorbités.

Peu avant dix-huit heures, on annonça que le parc était sur le point de fermer. D'abord déçu, Ricky ne se fit ensuite pas prier quand une hôtesse lui suggéra de passer par la boutique-souvenir en partant. Il y saisit deux étoiles de shériff qu'il glissa fort peu discrètement dans son sac U.S. Une fois franchies les portes du Nevada, il en punaisa une sur sa veste à franges. Et la deuxième sur mon défunt appendice.

« Tiens petit rouquin, on l'a pas volée notre *green card*. »

C'est vrai qu'on ne l'avait pas volée. Si je n'avais pas été déjà mort — dans l'hypothèse où j'aurais auparavant existé, on est bien d'accord — j'aurais cru décéder cinquante fois cet après-midi-là.

Ricky s'éloignait lentement de la Mer de Sable, la tête basse. Il semblait à la fois heureux et fatigué. Fier et triste.

« Ça me fait comme un grincement au cœur, qu'il me confia. La bouclette est pratiquement bouclée. Il reste qu'une seule étape avant le retour au bercail et la petite musique de ma routine. Bowling et Méhari. Le Benco de ma mère et les Budweiser de Judy. Et Liberty qui passe me faire coucou quand l'envie lui en prend.

— *T'es un chouette de drôle de type mon Ricky tu sais. Et puis j'ai l'impression qu'il t'a transformé ce grand voyage. Peut-être pas dans le sens attendu. Mais il t'a transformé quand même.*

— Tu sais petit rouquin, je crois qu'elle m'a transformé cette traversée des Stetz. J'y croyais pas trop mais en fait si. C'est dingue. C'était bien un voyage initiatique en fin de compte.

— *On est tellement en phase. J'arrive pas à croire que j'existe pas dans ces moments-là. Ricky, j'ai besoin de savoir. Tu m'as pas vraiment inventé de toute pièce, dis ?*

— J'ai l'impression de m'être retrouvé. De m'être rassemblé même. Comme si je n'avais plus qu'une seule facette.

— *C'est marrant que tu dises ça. Parce que là pour le coup je pense précisément le contraire. T'as développé plus de facettes qu'un Rubik's cube ! Tu t'es pas rassemblé, mais dispersé. Multiplié même !*

*On n'est tellement pas en phase. J'arrive pas à croire
que j'existe dans ces moments-là. Ricky, j'ai besoin
de savoir. Tu m'as vraiment inventé de toute pièce,
dis ?*

— Bon allez. Trèfle de bavardages petit rouquin.
Et en route. »

XCII

On a rejoint la voie ferrée et zou ! Cap à l'est. Le
train dans lequel Eric a grimpé transportait tout un tas
de voitures neuves. Forcément, il a choisi de
s'installer au volant d'un pick-up. Qui tournait le dos
à la locomotive. C'est déjà déroutant de se déplacer à
bord d'une bagnole immobile, mais quand celle-ci
n'est même pas dans le sens de la marche... Ceci dit,
il n'est pas illogique qu'un retour vers le passé
s'effectue en marche arrière.

Bref. *Tsoing-tsoing.* C'était l'heure de la
guimbarde. Une guimbarde très *poupoupidou.*

*La rivière avec retour
(Eric Alterstruff / Lionel Newman)*

« Le Nevada
N'est qu'un tas de sable
Pourtant l'idée de s'en évader
Est inconcevable

Tsouing-tsoing-tsouiiiing

Refrain :
Les Stetz une fois, mille fois, toujours

Un rêve de rêveur
Comme la Cheyenne River
Celle qu'on recommence, la rivière avec retour

L'habit ne fait pas le moine
Pas plus que la soutane
Et griller des cuisses de crapauds
Ne fait pas de vous Jack Sparrow

Tsouing-tsoing-tsouiiiiing

Refrain :
Les Stetz une fois, mille fois, toujours
Un rêve de rêveur
Comme la Cheyenne River
Celle qu'on recommence, la rivière avec retour

Les cow-boys, les Indiens
Les santiags et les poneys
Font toujours le plus grand bien
À l'homme que je suis, au grand dadais

Tsouing-tsoing-tsouiiiiing

Refrain :
Les Stetz une fois, mille fois, toujours
Un rêve de rêveur
Comme la Cheyenne River
Celle qu'on recommence, la rivière avec retour

Le Coyote Express
Est là pour nous rappeler
Que plus on se presse

Plus on est affolé

Tsouing-tsoing-tsouiiiiing

Refrain :
Les Stetz une fois, mille fois, toujours
Un rêve de rêveur
Comme la Cheyenne River
Celle qu'on recommence, la rivière avec retour

Je crois avoir réussi
Me voilà authentique Yankee
Certes je suis juge et partie
Et ajoutez shériff, aussi

Tsouing-tsoing-tsouiiiiing »

XCIII

Après ce concert extrêmement privé, pour ne pas dire sans public, Ricky piqua un savoureux roupillon, étendu dans les grandes largeurs sur la plateforme arrière du pick-up. Et c'est le doux crissement des freins du train qui le réveilla en arrivant à son terminus.

« J'ignore s'il existe des championnats du monde de sieste sur le dos les bras en croix, petit rouquin, mais si tel est le cas, j'aurais bien envie de m'inscrire, bâilla Ricky en s'étirant.

— *Ah oui pareil ! Je crois que j'aurais fait bonne figure dans la catégorie moins de cinq-cents grammes.*

— En attendant voilà, on y est. Le Nebraska ! »

Le Nebraska ? J'avais beau scruter l'horizon dans tous les sens, pas la moindre trace du pic de Chimney Rock. Tout ce que je voyais, c'était des voies ferrées. Mais pas simplement une ou deux. Non non non. Des dizaines et des dizaines. Qui s'étalaient à perte de vue.

« Bienvenue à Woippy mon rookmoot ! m'annonça fièrement Ricky en écartant les bras devant ce drôle de paysage comme lacéré par Freddy les griffes de la nuit. La plus grande gare de triage du pays ! Rien que ça. Faut dire que c'est là que se croisent les corridors *Atlantic* et *Mer du Nord-Méditerranée*. Résultat : cinq kilomètres de long, pratiquement quatre-cents mètres de large et jusqu'à quarante-huit voies juste-à-poser. Soit quatre-cents aiguillages, pas un de moins ! L'endroit n'a rien à envier à North Platte, Nebraska. C'est moi qui te le dis. »

Ah O.K., il était donc là le lien avec le Nebraska. Ténu, le rapport, mais venant de qui vous savez, je n'étais plus à ça près.

Woippy, avait-il dit ? Je fronçai soudain les sourcils de mes yeux d'outre-tombe et interrogeai Ricky en silence depuis l'au-delà.

« Mais dis-moi Ricky, c'est pas ici que ton père était affecté à l'époque !? Quand il a rencontré ta mère ?

— Je sais pas si tu te souviens petit rouquin, qu'il a demandé à ma queue, mais je t'en ai déjà parlé, de Woippy. C'est ici même que mon père était affecté quand il a rencontré ma mère.

— *Han ! Qu'est-ce que je disais !*

— Je te l'avais bien dit bien que notre voyage touchait à sa fin. Que la bouclette allait être bouclée. »

XCIV

« En plus c'est rigolo, continua l'animal en s'adressant toujours à ma queue pendue à son cou, mais je crois bien que marsupial en anglais ça se dit *woippy*. Ou *woilappy*. Ou alors *wallapy* ? Enfin un truc dans le genre. Tu vois, tu fais vraiment partie intégrante de toute cette histoire, petit rouquin. »

J'avais à la fois envie de lui arracher les yeux pour cette énième méprise zoologique et de le serrer dans mes petits bras pour le remercier d'avoir laissé entendre que j'avais peut-être bien existé un jour. C'est très contrariant parfois, la vie.

« Enfin, je préfère te prévenir tout de suite, y a rien à faire dans ce bled. Un vrai trou à rats.

— *Je voudrais pas passer pour un parano, mais euh... pourquoi tu parles de rat en regardant ma queue ?*

— Alors qu'à North Platte au moins, il y a UN truc à visiter. Le ranch de Buffalo Bill figure-toi ! Le Bilou s'était installé près du gros nœud ferroviaire, comme ça il pouvait se rendre plus facilement aux quatre coins du pays pour produire son spectacle. *Le Buffalo Bill's Wild West* que ça s'appelait. Ça aussi je t'en avais déjà parlé, nan ? Hé hé, ça devait être un sacré barnum, avec toute sa troupe, ses chevaux et *tutti Kon-Tiki*. »

Eric s'en alla ensuite traîner ses guêtres dans les rues de la ville. Le siphonné n'avait pas menti. On s'ennuyait ferme à Woippy.

« Et les vertus de l'ennui, je t'en ai déjà parlé petit rouquin ? me questionna-t-il d'ailleurs fort à propos en s'asseyant sur un banc public.

— *Non, pas précisément. Mais en revanche je me souviens parfaitement des prétendues vertus que tu attribuais à la diète lors de notre second séjour dans le Colorado. Et la diète en question, oui, ça on peut dire que c'était drôlement RELOU !*

— L'ennui, vois-tu, c'est l'occasion de revenir à l'essentiel. De se poser les questions qu'on ne prend plus le temps de se poser. Réfléchir à soi. Être livré à soi-même pour mieux se délivrer. Laisser libre cours à ses pensées. Laisser l'esprit gambader comme un petit papillon flavescent aux premiers jours du printemps dans une verte prairie du Montana.

— *T'as du bol que j'aie l'éternité devant moi Eric, parce que faire de l'ennui un programme, merci bien.*

— Tu vois cet épais manteau nuageux au-dessus de nous par exemple. Eh bien on n'y pense jamais, mais quand on prend le temps d'y réfléchir deux minutes, c'est quand même la grosse louze. Voilà des photons qui ont parcouru depuis leur départ du soleil pas loin de cent-cinquante-millions de kilomètres à travers le cosmos, et qui viennent se viander lamentablement sur des stratocumulus à deux balles alors qu'ils n'étaient plus qu'à une quinzaine de kilomètres de leur but final : permettre à un brin d'herbe ou une feuille de géranium de procéder à la magie de la photosynthèse.

— ...

— Fais le calcul, ils échouent après avoir fait 99,99999 % du chemin ! C'est même plus de la grosse louze à ce niveau-là, c'est de la louze colossale.

— *Comme tu dis Ricky, comme tu dis...* »

Immanquablement, Eric prit le chemin de la boulangerie dans laquelle œuvrait jadis sa mère Michèle (parfaitement, j'appris ce jour-là que sa mère se prénommait Michèle ! Mais tous les clients de la boulangerie préféraient naturellement l'appeler « la mère Miche »). Bref. C'était plus fort que lui, à Ricky. Ces dernières années, à chaque fois qu'il se trouvait dans les environs — et bien que cela lui réclamait une certaine forme de courage — il se jetait un petit bretzel derrière la cravate qu'il n'avait du reste jamais portée. Et à chaque fois, il trouvait à la volute briochée un goût un peu plus amer.

Entre ces quatre murs farineux, il imaginait ses jeunes parents échanger les mêmes regards de braise que Virginia Mayo et Joel McCrea dans *La fille du désert*. Avec les violons et tout le tralala. C'était là, au milieu des bâtards, pensa sombrement Ricky, qu'était née cette passion dévorante qui allait neuf mois plus tard donner la vie à un enfant illégitime. Et pourrait-on dire, orphelin de père.

Ah le con ! Il m'a mis la larme à l'œil ! me souviens-je m'être exclamé en mon for intérieur.

Heureusement, la suite de la journée fut autrement joviale. C'est qu'Eric avait décidé de se faire beau avant son retour à Sarrebourg ! Enfin « beau », c'est beaucoup dire. Disons « propre », ce qui représentait déjà un formidable chantier.

« Tu comprends petit rouquin, revenir au village comme ça, tout dégueu, ce serait laisser croire à tout le monde que mon grand voyage n'était au bout du compte qu'un échec de plus. Une lente dérive vers la marjanisation, marnijalisation, marginalasition, le laisser-aller, les puces et les poux. Ce qu'il n'est pas ! Et puis ils s'imagineraient que je suis fou, les gars de Sarrebourg. Ha ha, genre ! »

La promenade du clodow-boy se prolongea à travers la ville.

« Tu sais quoi petit rouquin ? qu'il me dit. J'ai l'impression que le Woippycien se lave à domicile. Chacun chez soi. Ou alors peut-être qu'il invite à la nuit tombée quelque voisin ou voisine dépourvu de salle de bains pour faire un brin de toilette ? En tout cas, visiblement ce bled ne dispose pas de bains publics où se bécoter, comme dans cette chanson de Georges Moustaki que j'aime tant. »

Tant pis. Rien n'aurait pu ce jour-là refroidir les ardeurs d'ablution de Ricky, qui fonça chez l'Éléphant Bleu. La suite se passa en slip et au Kärcher. Eric se lavait. Une scène d'une beauté rare. Puis direction le lavomatique. En slip et au Bonux. Eric lavait ses vêtements. Une scène d'une beauté certes plus convenue, mais réjouissante quand même. Restaient les cheveux. Après le refus plus ou moins poli des coiffeurs du coin, Ricky atterrit chez un toiletteur pour chiens. La gérante n'y alla pas par quatre chemins. Shampoing, produits antiparasitaires, re-shampoing et tondeuse. C'est tout juste si Ricky ne jappa pas en refranchissant la porte trois quarts d'heure plus tard.

Tadaaaaa. Tremble Sarrebourg, l'heure du come-back du fils prodigue a sonné.

C'est avec une élégance que je ne lui connaissais pas que Monsieur Propre grimpa dans ce qui serait le dernier train de marchandises de sa traversée paradoxalement circulaire de l'Amérique française.

Si l'expérience s'avéra positive aux yeux de Ricky, elle le fut plus encore pour l'écureuil que je suis. Ou fus. Ou ne fus jamais (le mystère restera j'en ai peur entier, avec son cœur de meringue au milieu et ses éclats de noisette autour). Car oui, cette expérience avait ouvert mes yeux bordés de roux cils. J'en savais désormais plus que jamais non seulement sur les « Stetz », mais sur le monde en général. Et le monde des hommes en particulier. Et le monde d'un d'entre eux encore plus en particulier. Un monde unique. Un monde baroque. Un peu de traviole, oui. Mais charmant. Et même parfois, qui touche au sublime.

« Tiens écoute ça un peu, c'est ma der des ders. Tu m'en diras des nouvelles. O.K. le déplumé ? »

Le déplumé, c'était mon nouveau surnom. Ou plutôt celui dont ma queue avait été affublée à la sortie du lave-linge au lavomatique. Une drôle d'expérience, ça aussi.

Le train sifflera onze fois
(Eric Alterstruff / Hedy West)

Tsoing-tsoing-tsoiiing tsoing-tsoing-tsoing-tsoiiing
(Guimbarde joyeusement mélancolique)

« Route sixty-six banlieue de Mulhouse
Première étape, petit coup de louze
Heureusement que t'étais là, little rouquin
Et j'entendis siffler le train
La première fois siffler le train
Que c'est beau un train qui siffle aux États-Unis

Tsoing-tsoing-tsoiiing tsoing-tsoing-tsoing-tsoiiing

Un deuxième fois, une neuvième fois
Une troisième fois, une septième fois
Un rêve marqué par le désordre, mais en américain
Et j'entendis siffler le train
Une dixième fois siffler le train
Que c'est beau un train qui siffle avec un ami

Tsoing-tsoing-tsoiiing tsoing-tsoing-tsoing-tsoiiing

Et puis enfin le Nebraska
Pour s'ennuyer il y a de quoi
Game over, même pour les photons, ça sent la fin
Et j'entendis siffler le train
Une onzième fois siffler le train
Que c'est beau un train qui siffle dans l'ennui

Tsoing-tsoing-tsoiiing tsoing-tsoing-tsoing-tsoiiing

Une boulangerie en pèlerinage
Le grand dadais au toilettage
Ricky Alterstruff ne s'est jamais senti aussi bien
Et j'entendis siffler le train
Une seconde onzième fois siffler le train
Que c'est beau un train qui siffle dans la vie »

Les paysages qu'Eric regardait défiler depuis son wagon lui devenaient de plus en plus familiers.

« Ça sent le retour au bercail, le déplumé...

— *Ouaip... Et l'épicéa.*

— Ça me désespère de me pointer directement chez ma mère. Ça fait un peu trop louzeur, je trouve. Surtout pour un gars comme moi qui vient d'en claquer la porte du club avec autant de brio.

— *J'aime quand tu causes comme ça, Ricky ! T'aurais pu être dialoguiste à la MGM dans les années cinquante, tu sais. T'as l'étoffe. Enfin, quand je dis que t'as l'étoffe, je parle pas de ta veste à franges hein...*

— Je crois que je vais d'abord passer au bowling. Elle est là ma vraie maison dans le fond. Mon coin d'Amérique. Et puis faut que je règle cette histoire avec Judy, j'aime pas les malentendus. Allez viens, suis-moi.

— *Je te rappelle que j'ai pas le choix Ricky. Le peu et piteux qu'il reste de moi est suspendu à ton cou.* »

L'ultime saut de train en marche d'Eric entra directement au Panthéon des plus ratés. Un formidable bouquet final. Des projections de silex dans tous les sens. Des étincelles. Des bruits sourds. Un nuage de poussière phénoménal. De quoi faire rêver les plus grands artificiers du monde.

Une heure de marche plus tard, quand Ricky franchit les portes du Sarrebowling, on n'entendit plus une mouche voler. En revanche *flap, flap, flap*, un ange passa (car oui, tel est le bruissement feutré produit par les ailes d'un doux chérubin). La silhouette élancée de Ricky se découpait en contre-jour devant la porte d'entrée restée grande ouverte. Il avait le teint hâlé de l'homme qui revient d'un voyage inouï, d'une longue traversée de l'Amérique, ou presque. Et le regard assuré de l'homme qui a appris de la vie, l'homme qui sait. Qui sait on ne sait quoi. Et que les autres ne savent pas non plus d'ailleurs. Mais peu importe. LUI, il sait. Bref, Robert Mitchum aurait pu débarquer à la place d'Eric qu'il n'aurait pas fait plus forte impression auprès des habituels poivrots du bowling cloués au comptoir. Et pour le coup, la scène était on ne peut plus cinématographique.

« Dites-moi les alcoolos synonymes, Judy est dans le coin ? leur lança Ricky en les toisant du haut de ses presque deux mètres.

— Yep. Chuis là boss ! lui répondit la belle gosse qui revenait de la réserve une pleine caisse de bières dans les bras.

— Judy, faut qu'on parle, mon p'tit.

— Ça tombe bien boss. Moi aussi j'ai des trucs à vous dire. »

Ricky invita Judy à le suivre dans son bureau d'un coup de tête latéral à se déclencher un torticolis.

XCVIII

« Voilà Judy, j'aimerais mettre le point sur le i de notre relation, commença Ricky d'une formule qu'il avait longuement mûrie.

— Je vous écoute boss, enchaîna la brunette en fronçant ses beaux sourcils.

— Avant tout, je voudrais que tu saches que j'ai trouvé ça vraiment touchant ce que t'as fait pour moi…

— Oui ?

— Cette recherche pour disparition inquiétante que t'as lancée auprès de la gendarmerie. C'est... super mignon quoi. Jusque là, j'avais pas réalisé à quel point je t'avais tapé dans l'œil. Mais euh... c'est un peu gênant en fait.

— Pour moi aussi à vrai dire...

— Je te trouve super hein. T'es une chouette fille. T'es super mignonne. T'es fraîche. T'as un bon vieux caractère de cochon comme on aime. Alors bon... je voudrais surtout pas te faire de peine, mais sache que ça ira pas plus loin entre nous. Voilà. J'espère que tu m'en voudras pas... »

Judy dévisagea Ricky quelques secondes, se demandant s'il s'agissait d'une blague. Mais elle comprit qu'il était on ne peut plus sérieux.

« Mais, boss !? Vous avez cru quoi ? Que j'étais AMOUREUSE de vous ? Hahahahahahahahahaha hahahahahahahahahahahahahahahahahahahahahaha hahahahahahahahahahahahahahahahahahahahahaha hahahahahahahahahahahahahahaha ! *(on rit encore sans réelle mesure à cet âge-là)*

— Bah... Euh... Oui.

— Hahahahahahahahahahahahahahahahahahaha hahahahahahahahahahahahahahahahahahahahahaha hahahahahahahahahahahahahahahahahahahahahaha hahahahahahahahaha ! »

L'autoproclamé Casanova venait d'accomplir une performance rare. Celle de se prendre une magistrale veste sans même avoir voulu draguer quiconque. Il tenta de reprendre ses esprits et un semblant de contenance.

« Mais... ça veut dire que c'est pas toi qui a prévenu les gendarmes ?

— C'est ta fille, couillon ! lui répondit la jeune frondeuse dans un tutoiement inédit.

— Liberty ?

— Yep. C'est ça que j'avais à te dire. Allez ! Appelle-la ou file la rejoindre, je crois que c'est important.

— Merci Judy. Et euh… oublie ce que je viens de te raconter hein.

— Jamais boss. JA-MAIS. Hahahahahahahahaha hahahahahahahahahahahahahahahahahahahahahahaha hahahahahahahahahahahahahahahahahahahahahahaha hahahahahahahahahahahahahahahahahahaha !

— Cons de jeunes » grognonna Ricky en quittant le bowling à grandes enjambées.

XCIX

Eric courut chez sa mère.

« Salut m'man ! qu'il lui sortit comme s'il l'avait quittée la veille.

— J'ai déjà mis du Benco au fond de ton bol, t'as plus qu'à faire chauffer le lait qu'est dans la casserole » lui répondit-elle comme s'il l'avait réellement quittée la veille.

Aucun des deux ne se formalisa de cet échange lunaire. Et Ricky grimpa dans sa chambre allumer son portable. A, B, C, D, E, F, G, H, I, J, K, L, Liberty. *Bip, bip, bip*. Elle répondit tout de suite. Et rarement ces dernières années elle avait manifesté autant d'enthousiasme à entendre son père au bout du fil ! Eric en fut même tout décontenancé.

« Retrouve-moi au mini-golf papa, je bosse là-bas jusqu'à dix-huit heures »

« Au mini-golf ? » se répétait en boucle Ricky à voix haute trois minutes plus tard au volant de son increvable Méhari.

Ça le touchait quelque part que la chair de sa chair

travaille comme lui dans l'industrie du loisir populaire et familial à vocation vaguement sportive.

« Mais quand même, elle exagère, râla-t-il. Elle aurait pu choisir une activité américaine. Pas un truc de rosbifs ! Et pourquoi pas le tennis tant qu'elle y est ? »

Liberty était là. Assise dans la cahute qui marquait l'entrée du mini-golf de Sarrebourg. Une petite caisse en fer posée devant elle. Ricky avait l'impression de la revoir dix ans plus tôt, quand elle jouait encore à la marchande. Sauf que la petite marchande avait bien grandi depuis. La preuve, elle se cogna la tête au toit de la cabane en se levant brutalement quand elle aperçut son père. Oui, ça faisait belle lurette qu'elle n'avait plus rien de la petite quetsche violette à quoi la comparait Ricky en sortant de la maternité. C'était maintenant une splendide sauterelle aux longs os hérités de son papounet.

« Papa ! qu'elle s'exclama en courant se jeter sur ma queue rabougrie — ou plus probablement au cou de Ricky.

— Liberty Egality Fraternity ! lui lança-t-il avec le même ravissement.

— Mais t'étais où mon papounet ? l'interrogea-t-elle en sanglotant presque.

— Ah si tu savais ma chérie. Si loin, si proche…

— J'ai une nouvelle extraordinaire à t'annoncer papa !

— Quel est le petit con qui t'as foutue en cloque, ma poupée ? se retint-il de lui demander. Préférant finalement un faussement impatient : Quoi donc ma chérie ? Quoi donc ? »

C

La sauterelle prit son père par le bras et l'invita à marcher à travers le parcours de mini-golf. Ça pousse à la confidence, les balades.

« Papa. Ouvre grand tes oreilles. Et tiens-toi bien.

— Tu me fais peur, Liberty.

— C'est à propos de Mamimiche *(Eh oui, la mère Miche est aussi grand-mère)*.

— M'man ? Qu'est-ce qu'elle a ? Elle est malade !? Enfin, je veux dire : plus que d'habitude ? Elle a un truc grave ? se surprit à s'inquiéter Ricky.

— Non, pas du tout. Elle a eu des nouvelles de ton père !

— Daddy !!??

— Oui, si tu préfères. Figure-toi qu'il lui a écrit une longue lettre *(un M ? un S ? un W ? Oui bon ça va, on peut plaisanter un peu…)*.

— Daddy !!?

— Il approche de ses soixante-quinze ans. Le crépuscule réveille probablement des choses enfouies en lui. Son histoire avec Mamimiche a dû le hanter toute sa vie, tu sais. Il souhaitait avoir de ses nouvelles. Et des tiennes surtout.

— Daddy !!

— J'ai aidé Mamimiche à écrire la lettre qu'elle lui a envoyée en retour en anglais. Elle était très détaillée sa lettre, mais complètement dénuée d'affect. Je crois que ça fait longtemps que son cœur s'est fossilisé en pierre.

— *Comme ma queue ! C'est exactement ce qui arrive à ma queue ! Elle est en train de se transformer en petit bout d'ardoise tout grisou dégueulasse !*

— Daddy !!

— C'est pour ça que j'ai cherché à te retrouver, papounet.

201

— Daddy !

— T'aimes plus que je t'appelle papounet ?

— Hein ? Si si. Je pensais à Daddy.

— Il a ensuite répondu à la réponse de Mamimiche. Et tu devineras jamais.

— ...

— Il nous invite, toi et moi, à venir lui rendre visite chez lui ! Le temps qu'on voudra.

— Han !

— Il habite dans la banlieue de Denver. T'es content mon papounet ? Dis, t'es content ? »

Plus que ça, Ricky était sous le choc. Il s'en coinça une santiag dans le trou dix-sept.

CI

Pour un coup de théâtre, c'était un sacré coup de théâtre (à titre personnel, j'ai toujours pensé qu'il y en avait trois, des coups, au théâtre. Mais bon).

Et pour Eric, la surprise était double, comme un cheeseburger. Non seulement il allait rencontrer son géniteur. Faire sa connaissance. Pleurer dans ses bras avec le nez qui coule dans son cou. Mais il allait de fait découvrir les Stetz pour de vrai. Comme si son voyage des derniers mois n'avait été qu'un *rehearsal*, comme disent les Ricains. Une répétition générale. Une manière de se préparer à la véritable Amérique. Avec un grand A et sans hic, cette fois.

Et en même temps, curieusement, bizarrement, étrangement, éricquement serait-on tenté de dire, le grand dadais avait d'abord marqué une forme d'incompréhension en apprenant de la bouche de Liberty la proposition de son père. Parce qu'enfin, rencontrer son père, très bien. Merveilleux même.

Mais pourquoi découvrir les Stetz ? Il les connaissait déjà, les Stetz, non ? Il y avait quand même passé tous ses derniers mois.

Ricky amena Liberty passer la soirée au Sarrebowling. Pas en tant que patron, non, mais comme un père de famille lambda qui aurait décidé de partager du bon temps avec sa grande fifille. Ils retrouvèrent ce soir-là une douce complicité. Une complicité que Ricky pensait disparue à tout jamais depuis les derniers tours de manège que son enfant avait bien voulu faire avec son père à ses côtés.

Judy vint rejoindre le duo quelques instants.

« Alors Liberty, t'as annoncé la grande nouvelle à ton paternel ?

— Yes ! On part voir Grandpa dans une semaine.

— Z'êtes heureux boss, pas vrai ?

— Vrai, Judy. Vrai.

— Hé, Liberty, tu savais que ton père se contentait pas de jouer au cow-boy ? Avec moi c'est au *play-boy* qu'il s'est essayé dis donc, plaisanta la serveuse en lançant un clin d'œil à Ricky.

— Judy arrête ! T'es lourdingue ! Allez retourne bosser. Y a le Club des Pintes qu'est en train de se dessécher. »

Judy s'exécuta en se marrant.

« C'est quoi P'pa cette histoire de play-boy ?

— Rien, rien. Elle peut pas s'empêcher de raconter des bullchips... Tu sais quoi, ma sauterelle ? demanda Eric avec un sourire en coin.

— Non papounet. Quoi ?

— Bah finalement, ça fera jamais que la troisième fois que j'y mettrai les pieds, dans le Colorado.

— Comment ça ?

— Nan rien, laisse tomber ma chérie. »

Sur la A63 en direction de l'aéroport de Francfort, la Méhari faisait du mieux qu'elle pouvait au milieu des Porsche et des BMW.

C'est la Mère Miche qui tenait le volant. Eric était assis à ses côtés, tandis que Liberty dormait à l'arrière, la joue toute écrasée contre les bagages.

« Tu embrasseras ton père pour moi » avait simplement dit la mère à son fils avant de regagner son mutisme.

Chez elle, juste avant le départ, Eric s'était enfermé dans la salle de bains pour un dernier entretien avec le Tancarville. Un ultime tête-à-tête.

« Je crois que j'ai plus besoin de toi, mon vieux. Merci pour le formidable sens de l'écoute dont t'as toujours fait preuve à mon égard. Et sans jamais m'interrompre en plus. Bon allez, je te replie. Tu me dis si je te fais mal, hein. »

Indiscutablement, Ricky allait mieux.

Une fois dans la salle d'embarquement, c'est à moi qu'il s'adressa après avoir détaché de son cou le machin racorni que j'étais devenu.

« Mon petit rouquin. Mon little rookmoot. Mon déplumé. Que dire ? Je t'ai déjà enterré une fois. Et maintenant, je vais vulgairement te jeter dans une poubelle d'aérogare. Comme une vieille chaussette. *Snirf ! (V'là que ça lui reprenait)*. Peut-être bien que je te méritais pas, au fond, *snirf*. Le jour de ton enterrement justement, je sais pas si tu te souviens, je t'avais dit que les Stetz, c'était mieux à deux.

Aujourd'hui j'y vais pour de bon avec Liberty, alors je crois que le compte y est hein, *snirf*. Et puis de toute façon à la douane, il paraît qu'ils m'auraient emmerdé avec mon pendentouffe. Je crois surtout qu'ils auraient pas compris, ouais. Pas compris tout l'amour qu'un homme peut porter à un animal comme toi. Une si gentille petite marmotte. *Sniiirf!* Allez. Adios amigo. »

Il récupéra mon étoile de shériff et balança ma queue dans la poubelle jaune — était-ce là une manière d'espérer me voir réincarné un jour ? Au pied d'un épicéa du Colorado par exemple ? — et, faisant fi des voyageurs alentours, il sortit sa guimbarde de sa poche pour me dédier une magnifique chanson d'adieu de Jim Reeves. Pour la première fois, il respecta fidèlement les paroles originelles. Trop ému peut-être pour en écrire lui-même.

Adios Amigo
(Jerry Livingston & Ralph Freed)

« Adios amigo, adios my friend
The road we have travelled has come to an end
Away from these memories, my life I will spend
Adios amigo, adios my friend

Tsing tsing tsing tsing tsiing tsing tsing tsing tsiing

Adios amigo, let us shed no tears
May all your mañanas bring joy through the years

I ride to the Rio, where my life I must spend
Adios amigo, adios my friend »

Tsing tsing tsing tsing tsiing tsing tsing tsing tsiing

Je sais pas vous, mais moi j'ai versé une larmichette.

CIII

« Willkommen an Bord des Fluges LH vierhundertvier nach New York. »

Eric et Liberty étaient maintenant assis dans l'avion qui les mènerait, via JFK, à Denver. L'aïeul habitait juste à côté, à Aurora précisément. Eric y avait bien sûr vu le signe d'un jour tout neuf dans sa vie, d'un nouveau départ.

Mais si l'Airbus était prêt à décoller, Eric l'était en revanche beaucoup moins, collé qu'il était au hublot à fixer le tarmac avec anxiété. C'était la première fois qu'il prenait l'avion. Il n'en menait pas bien large. D'autant moins qu'il trouvait son siège rikiki, Ricky.

Histoire d'essayer de penser à autre chose, il raconta à Liberty ce qui lui passait par la tête.

« Tu sais, je pense à mon Daddy, ton Grandpa. Et je me dis que ça doit pas être simple de vieillir. De se sentir flétrir. Moi aussi je me rends compte que j'y viens. Petit à petit hein, je te rassure. Mais y a des indices qui trompent pas. Des goûts qui changent. Par exemple je me lave avec des gros cubes de savon de Marseille maintenant, tu vois. Fini les gels douche qui sentent le Brève Vitres. Pink Floyd et Tintin, c'est pareil ! Je comprenais pas bien l'intérêt avant. À part *Tintin en Amérique* évidemment. Et maintenant, ça me plaît... Et puis je commence à prendre des habitudes typiques de petit vieux qui flippe aussi. Vérifier qu'aucun œuf n'est cassé avant d'en acheter une boîte au supermarché, ce genre de truc étrangeoïde... »

Liberty prit la main de son père et tenta de relever le niveau.

« Tu sais papounet, comme disait Carl Gustav Jung, "nous sommes des réponses à des questions non résolues de nos ancêtres".

— Euuh... Hein ? Ah oui ? HAN ! PUNAISE DES BOIS ! ÇA Y EST ON VA DÉCOLLETER ! » lui accorda Éric pour seule réponse en lui écrabouillant la main.

Dehors, les réacteurs grondaient. L'avion s'éleva doucement. Et Ricky eut comme une vision. Une vision qui le réjouissait.

À l'aéroport de Denver.

Dans le hall des arrivées.

Un vieil homme tout sec s'approchait de lui avec un large sourire.

Il produisait un bruit familier à ses oreilles.

Un bruit qui faisait :

Couic-couic.

REMERCIEMENTS

Merci aux copains, aux parrains, aux cousins, aux frangins, au masculin comme au féminin.

Merci aux ascendants, aux descendants, et à ceux un peu en biais.

Merci aux encourageantes et bienveillantes, Charlotte von Essen, Tiffany Gassouk, Caroline Marson et Emmanuelle Heurtebize.

Merci ma quetsche pour ta chambre.

Bisous à Pauline, Rose et Lilie.

Amour, paix et tartes aux myrtilles.

Dépôt légal : juin 2017

Illustration: TOFDRU

www.ingramcontent.com/pod-product-compliance
Lightning Source LLC
Chambersburg PA
CBHW021143130626
46554CB00005B/1631